El Rey de Amarillo
y otros relatos de terror

Plutón
Ediciones

COLECCIÓN
MISTERIO

El Rey de Amarillo
y otros relatos de terror

Robert W. Chambers

TRADUCCIÓN: ISOBEL RICHARDSON

© Plutón Ediciones X, s. l., 2024

Diseño de cubierta y maquetación: Saul Rojas

Edita: Plutón Ediciones X, s. l.,

          E-mail: contacto@plutonediciones.com
          http://www.plutonediciones.com

Impreso en España / Printed in Spain

I.S.B.N: 978-84-10233-17-1
Depósito Legal: B-11124-2024

Estudio Preliminar

Robert William Chambers fue uno de los novelistas más populares de comienzos del siglo XX. Nació en Brooklyn, New York, en 1865, en el seno de una familia con amplios recursos económicos, comenzó su formación en la *Art Students League of New York*, luego estudió Artes en la *École des Beaux-Arts*, y también en la prestigiosa *Académie Julian*, ambas ubicadas en París. Cuando regresó a New York comenzó a vender sus ilustraciones, muy exitosamente, en revistas como *Life, Vogue* y *Truth*. Sin embargo, no se conocen las razones que lo impulsaron a dejar el arte y dedicarse a la escritura, y en 1894 publicó de forma anónima su primer libro intitulado *In the Quest*.

El éxito obtenido con este libro lo llevó a publicar, un año más tarde, su obra más conocida hasta la fecha: *El Rey de Amarillo*, la cual es una recopilación de cuentos en los que R.W. Chambers pone de manifiesto su estupenda capacidad de narrar historias. Esta obra se convirtió de inmediato en una de las muestras más importantes de la literatura fantástica y de terror norteamericanas, incluyendo a su autor en el panorama de las élites literarias neoyorquinas. En ella, la visión del mal y del horror están completamente alejadas del clásico elemento fantasmal de la literatura gótica clásica.

Después del éxito obtenido con *El Rey de Amarillo*, Chambers continuó escribiendo literatura fantástica, entre las que destacan sus libros: *El hacedor de lunas* y *El cayo del dolor*, narraciones en las que el autor crea atmósferas oníricas incomparables y recrea con magistral pluma ciertos temores que habitan nuestro subconsciente. Sin embargo, más tarde decide abandonar el horror existencial y se dedicó a escribir romances y ficción histórica, entre otros géneros, orientados a la complacencia de su público lector.

A pesar de poseer una extensísima producción, ser ampliamente conocido y aceptado por el público, el cambio de estilo y género narrativo provocó que sus innumerables obras cayeran en el olvido, y durante la mayor parte del siglo XX solo permanecieron impresas sus primeras narraciones, gracias a otro genio de la literatura de terror como fue H. P. Lovecraft, quien lo incluyó en su ensayo *Supernatural Horror in Literature*, trabajo considerado como uno de los mejores análisis de la literatura de terror de su tiempo.

Chambers al no necesitar el dinero que obtenía por la venta de sus libros, no manifestaba ningún interés, ni preocupación, ni en la calidad ni en la perpetuidad de su trabajo literario, y admite con cierta franqueza, que está más interesado en sus colecciones y en su jardín que en su reputación literaria. Incluso se dice que en alguna oportunidad llegó a expresar: «¡Literatura! ¡Esa palabra me pone enfermo!».

De acuerdo con H. P. Lovecraft, tal como lo manifestó en una carta enviada a Clark Ashton Smith, «Chambers es como Rupert Hughes y algunos otros titanes caídos: dotado de la inteligencia y la educación adecuadas, pero sin el hábito de utilizarlas»[1]. A pesar de ello, el trabajo inicial de R.W. Chambers es considerado como parte de la vanguardia literaria del género de terror y su influencia en la obra de H. P. Lovecraft es absolutamente innegable.

La narrativa inicial de Robert W. Chambers está plagada de imágenes que van de lo onírico a lo espantoso. Su carácter alucinatorio y, por momentos, pesadillesco, logran trasladarnos a los mismos espacios donde habitan nuestros propios temores y fantasías. En sus cuentos es difícil determinar dónde comienza el delirio y dónde la realidad, y es justamente la exploración de ese horror trascendental, psicológico y existencial lo que logra hacer tan relevante su trabajo.

Por otra parte, algunas de sus ficciones tienen la capacidad de trasladarnos a lo largo de un viaje donde el paisaje y la historia narradas, no solo nos muestran una faceta romántica de determinado periodo histórico, también logran llevarnos a experimentar regocijo y a imaginar espacios de ensueño.

Cabe señalar que, a pesar de la notable diferencia que existe entre cada una de sus narraciones, la decadencia, la moral, las virtudes, la ambición, incluso la realidad, son claramente cuestionadas en todas sus historias.

Robert W. Chambers falleció en 1933, a los 68 años de edad, en medio de su colección de insectos y mariposas. Sirva esta publicación como un merecido homenaje a lo que hoy sobrevive de su obra.

---

1 *Lovecraft, Selected Letters vol. 2*, edición de August Derleth y Donald Wandrei (Arkham House, 1968).

En este volumen se incluyen los siguientes relatos: *El reparador de reputaciones, El signo amarillo, La demoiselle d'Ys, La máscara, En la corte del Dragón, La calle de los cuatro vientos, El Emperador Púrpura, La barquera y El par nupcial.*

Sabemos que algunos de estos relatos no formaron parte originalmente de la recopilación publicada como *El Rey de Amarillo* y que no están incluidos algunos que sí estaban en su primera edición, de corte romántico e histórico. Esto, no obstante, está hecho con el propósito de mostrar el lado más oscuro y terrorífico de la obra de Chambers, como un pequeño homenaje a un autor que influyó profundamente en el desarrollo del terror cósmico y psicológico como lo conocemos hoy en día, de autores celebrados y de los que todavía están por venir.

EL REPARADOR DE REPUTACIONES

Ne raillons pas les fous;
leur folie dure plus longtemps que la nôtre…
Voilà toute la différence.

I

Hacia el final de los años 20, el gobierno de los Estados Unidos había casi ejecutado el programa implementado durante los últimos meses de la administración del presidente Winthrop. En apariencia, el país disfrutaba de tranquilidad. Todo el mundo sabe cómo se solucionaron los asuntos de impuestos y trabajo. La guerra con Alemania, resultado de que ese país invadiera las islas de Samoa, no dejó señas evidentes en la república, y la ocupación temporal de Norfolk por el ejército enemigo había sido olvidada en la celebración de los repetidos triunfos navales y el risible aprieto de las fuerzas del general Von Gartenlaube en Nueva Jersey. Las inversiones que realizaron Cuba y Hawái habían dado una ganancia del cien por ciento y bien valía el precio el territorio de Samoa como punto de abastecimiento de carbón. La situación de defensa del país era extraordinaria. A todas las ciudades de la costa se les había suministrado una fortificación en tierra, y el ejército, bajo la paternal tutela del Personal General, que había sido organizado de acuerdo con el método prusiano, había crecido en 300.000 hombres, con una reserva en tierra de un millón, y seis estupendos escuadrones de naves y acorazados custodiaban las seis estaciones de los mares navegables, conservando una reserva de energía bastante satisfactoria para el control de las aguas territoriales. Los aristócratas del Oeste finalmente tuvieron que admitir que era necesario crear un colegio para la formación de diplomáticos, así como una escuela de derecho para la formación de abogados. Como resultado, ya no éramos representados en el extranjero por patriotas incapaces. El país era próspero. Chicago, paralizada por un instante después del segundo gran incendio, había surgido de sus ruinas, blanca y soberana, y más bonita que la ciudad blanca que se había levantado como un juguete en 1893. En todos lados la buena arquitectura sustituía a la mala e incluso en Nueva York una súbita ansia de decencia había borrado gran parte de los pavores existentes. Las calles habían crecido y se pavimentaron e iluminaron adecuadamente, se sembraron árboles, se construyeron plazas, fueron demolidas las estructuras elevadas y se construyeron rutas subterráneas para suplantarlas. Los nuevos edificios del gobierno y los cuarteles eran estupendas piezas arquitectónicas y el extenso sistema de muelles de piedra, que cercaba la isla por completo, se transformó en parques que fueron un regalo de Dios para la población. El subsidio gubernamental del teatro y la ópera produjo su propia recompensa. La Academia Nacional de Diseño de los Estados Unidos no era muy diferente a las instituciones europeas del mismo tipo. Nadie envidiaba al ministro de Bellas Artes, ni su lugar en el gabinete, ni su ministerio. El ministro de Reforestación y Conservación de la Fauna lo pasaba mucho mejor debido a un nuevo procedimiento de policía montada nacional. Se lograron beneficios con los últimos tratados firmados con Francia e Inglaterra. La exclusión de aquellos judíos que nacieron en el extranjero como medida de autoconservación nacional; la formación de un nuevo estado negro, independiente de Suanee; el control de la inmigración y las novedosas leyes sobre la naturalización y la progresiva centralización del poder en el ejecutivo fueron medidas que favorecieron la calma y el bienestar de la nación. Cuando el gobierno logró solucionar el problema indio, y batallones de una caballería de exploradores indios, con sus trajes autóctonos, reemplazaron a las deplorables organizaciones vinculadas a unidades reducidas al mínimo por un antiguo secretario de guerra, el país respiró con profundo alivio. Y después del grandioso Congreso de Religiones, cuando el fanatismo y la intolerancia quedaron enterradas, y la compasión y la tolerancia comenzaron a unir sectas enemigas, muchos pensaron que había llegado el siglo de la felicidad y la abundancia, al menos en un nuevo mundo, que en todo caso es un mundo en sí mismo.

Pero la autoconservación es la ley fundamental, y Estados Unidos tuvo que presenciar con absoluta tristeza cómo Alemania, Italia, España y Bélgica se debatían en la inquietud de la anarquía mientras que Rusia, observando desde el Cáucaso, se inclinaba para dominarlas una a una.

El verano de 1899 quedó marcado en la ciudad de Nueva York a causa del desmantelamiento de los Ferrocarriles Elevados, y el verano de 1900 permanecerá en la memoria de los neoyorkinos por mucho tiempo, ya que ese año fue desmontada la estatua de Dodge. El siguiente invierno comenzó el movimiento para lograr la anulación de las leyes que prohibían el suicidio, que logró dar frutos al final del mes de abril de 1920, cuando la primera Cámara Letal del gobierno se inauguró en el Washington Square.

Ese día yo caminaba por la avenida Madison desde la casa del doctor Archer, a quien había visitado por mera formalidad. Desde que sufrí la caída del caballo, cuatro años atrás, eventualmente sufría de dolores en la nuca y el cuello, pero hacía meses que habían desaparecido y el doctor ese día me despachó diciéndome que ya no tenía nada de qué curarme. Penosamente valía la pena costear sus honorarios para que me lo dijera porque yo ya lo sabía. Sin embargo, no le tenía aversión por causa del dinero. Lo que me disgustaba era el error que había cometido al principio. Cuando me levantaron del pavimento donde me encontraba sin conocimiento, y algún ser compasivo le disparó una bala en la cabeza a mi caballo, fui trasladado donde estaba el doctor Archer, y él, señalando afectado mi cerebro, me internó en su clínica privada donde me vi forzado a seguir un tratamiento por demencia. Finalmente decidió que me había recuperado y yo, que estaba al tanto de que mi mente siempre se había encontrado tan sana como la suya o más, tuve que pagar mis «derechos de matrícula», como él los llamó bromeando, y entonces me fui. Con una sonrisa le señalé que ya me las pagaría por su equivocación, y él, sonriendo de buen grado, me pidió que fuera a visitarlo de vez en cuando. Así lo hice, esperando tener una oportunidad para ajustar las cuentas, pero no se presentó ninguna y yo le dije que podía esperar.

Afortunadamente, la caída del caballo no tuvo consecuencias negativas, por el contrario, había cambiado mi carácter para mejor. De ser un joven ciudadano perezoso, me convertí en una persona activa, enérgica, atemperada y, sobre todo, ¡oh, por sobre todas las cosas!, ambiciosa. Solo había una cosa que me preocupaba, yo me reía de mi propio malestar, aunque me preocupaba.

Durante mi recuperación había comprado y leído, por primera vez, *El Rey de Amarillo*. Viene a mi memoria que después de haber leído el primer capítulo pensé que era mejor no continuar. Me puse de pie y lancé el libro a la chimenea. El volumen chocó con la rejilla y cayó abierto frente a la luz del fuego. Si no hubiera tenido un indicio de las palabras que iniciaban el segundo capítulo, nunca lo habría terminado, pero cuando me incliné para levantarlo, fijé los ojos en una línea y con un grito de terror, o tal vez de alegría, tan intenso era el dolor de cada uno de mis miembros, lo arranqué de los carbones y me arrastré temblando hasta mi dormitorio donde lo leí y lo releí, y lloré y reí y temblé víctima de un horror que aún me sorprende a veces. Esto es lo que me preocupa, porque no logro olvidarme de Carcosa, donde estrellas negras resplandecen en los cielos; donde las sombras de las meditaciones de los hombres se prolongan en la tarde, cuando los soles gemelos se sumergen en el lago de Hali y, para siempre, mi memoria guardará el recuerdo de la máscara pálida. Suplico a Dios que maldiga al escritor, igual que el escritor maldijo al mundo con esta maravillosa y hermosa creación, pavorosa en su simplicidad, inquebrantable en su verdad: un mundo que ahora tiembla frente el Rey de Amarillo.

Cuando el gobierno francés confiscó los ejemplares de la traducción recién llegada a París, está claro que Londres sintió angustia por leerlo. Se sabe cómo el libro se propagó igual que una enfermedad infecciosa de ciudad en ciudad, de continente a continente. Ilícito aquí, decomisado allá, denunciado por la prensa y el clero, censurado incluso por los más audaces anarquistas literarios. Ningún principio determinado había sido trasgredido en esas malignas páginas, ninguna doctrina decretada, ninguna convicción agraviada. No había posibilidad de evaluarlo de acuerdo con ninguna de las pautas conocidas. No obstante, aunque se admitía que la nota del arte supremo había repicado con *El Rey de Amarillo*, todos consideraban que la naturaleza humana no podía resistir la tensión, ni prosperar con palabras en las que se ocultaba la esencia del más puro veneno. La sencilla banalidad e inocencia del primer capítulo dio paso a que el golpe cayera después con un efecto más terrible.

Recuerdo que era 13 de abril de 1920 cuando se constituyó la primera Cámara Letal del gobierno en el lado sur del Washington Square, entre la calle Wooster y la Quinta Avenida Sur. Aquella manzana, que antiguamente estaba conformada por un montón de viejos edificios arruinados utilizados como cafés y restaurantes para turistas, había sido comprada por el gobierno durante el invierno de 1898. Los cafés y restaurantes franceses e italianos fueron derribados. Toda la manzana fue cercada con un enrejado dorado y transformada en un hermoso jardín con prados, fuentes y flores. En el centro del jardín se alzaba una pequeña edificación blanca de arquitectura rigurosamente clásica y rodeada de macizos de flores. Seis columnas jónicas soportaban el techo y la única puerta existente era de bronce. Un magnífico grupo de mármol representaba a *Las Parcas*, creación del joven escultor norteamericano Boris Yvain, quien había fallecido en París cuando solo contaba con treinta y tres años.

Se estaban celebrando los actos de inauguración cuando yo cruzaba la plaza de la Universidad y entré en el parque. Avancé entre la silenciosa aglomeración de espectadores, pero fui interrumpido en la calle Cuarta por un cordón policial. Un destacamento de soldados de los Estados Unidos protegía la Cámara Letal. En una tarima elevada que daba hacia el parque de Washington se encontraba el gobernador de Nueva York y detrás de él se hallaban apiñados el alcalde de la ciudad, el inspector general de policía, el jefe de las tropas estatales, el coronel Livingston, subalterno militar del presidente de los Estados Unidos; el general Blount, gobernador de la isla Governor; el mayor Hamilton, comandante de la guarnición de Nueva York y Brooklyn; el almirante Buffby de la flota del río North; el inspector general de salud Lanceford; el personal del Hospital Nacional Gratuito; los senadores Wyse y Franklin de Nueva York y el administrador de las Obras Públicas del estado. La tarima se encontraba rodeada por un escuadrón de jinetes de la Guardia Nacional.

El gobernador estaba finalizando su respuesta al corto discurso que dio el inspector general de sanidad. Escuché que decía:

—Las leyes que impedían el suicidio y condenaban cualquier intento de autodestrucción han quedado sin efecto. El gobierno ha estimado conveniente aceptar el derecho que tiene el ser humano a poner fin a una vida que se le haya hecho intolerable, sea por sufrimiento físico o por consternación mental. Se considera que la población se verá beneficiada si se saca del medio a personas semejantes. Desde que se promulgó esta ley, el número de suicidios en los Estados Unidos no ha crecido. Y en este momento, que el gobierno ha decidido constituir una Cámara Letal en cada estado, pueblo o aldea del país, queda por observar si esa clase de seres humanos, de cuyas abatidas filas caen día tras día nuevas víctimas de la autodestrucción, aceptarán el consuelo que se le procura —hizo una pausa y volvió la vista hacia la blanca construcción. El silencio en la calle era categórico—. En ese lugar, una muerte indolora está esperando a quien ya no pueda tolerar los dolores de su vida. Si desea la muerte, que la busque allí. —Entonces, volviéndose rápidamente hacia el subalterno de la Casa Presidencial, dijo—: Declaro inaugurada la Cámara Letal —y dando la cara nuevamente a la vasta multitud, pronunció con voz clara—: Habitantes de Nueva York y de los Estados Unidos de América, a través de mí, el gobierno declara inaugurada la Cámara Letal.

El solemne silencio fue quebrantado por la ruda

voz de comando, el escuadrón de caballería desfiló detrás del carruaje del gobernador, los jinetes giraron e hicieron formación a lo largo de la Quinta Avenida para esperar al comandante de la guarnición y la policía montada los siguió. Yo me alejé de la multitud para contemplar boquiabierto la Cámara Letal de mármol blanco y, atravesando la Quinta Avenida Sur, avancé a lo largo del lado oeste de esa agitada vía pública hasta la calle Bleecker. Luego crucé a la derecha y me paré frente a una poco llamativa tienda que tenía un cartel que decía: Hawberk, Armero.

Vi la puerta de entrada y noté a Hawberk atareado en la pequeña tienda en un extremo de la estancia. Él alzó la vista en ese preciso instante y, al verme, dijo con su amable y penetrante voz:

—¡Entre usted, señor Castaigne!

Constance, su hija, vino a mi encuentro cuando atravesé el umbral y me tendió su bonita mano, pero pude notar el rubor del desengaño en sus mejillas y me di cuenta de que era otro Castaigne a quien ella esperaba: mi primo Louis. Sonreí ante su desconcierto y le hice cumplidos por el estandarte que estaba bordando, tomando como modelo un plato esmaltado. El viejo Hawberk estaba reparando las gastadas grebas de una vieja armadura y el *¡ting! ¡ting! ¡ting!* del diminuto martillo repicaba agradablemente en la inusual tienda. Al momento dejó el martillo a un lado y comenzó a trabajar diligentemente con una minúscula llave de tuerca. El delicado sonido de la malla hizo que un espasmo de placer me recorriera todo el cuerpo. Me gustaba escuchar la música del acero contra el acero, el apacible choque del mazo contra las piezas que cubren el muslo y la melodía que produce la cota de malla. Esa era la única causa por la que yo iba a visitar a Hawberk. De ningún modo él me interesaba de manera personal, tampoco su hija Constance, salvo porque se hallaba enamorada de Louis. Lo cual, por cierto, ocupaba mi atención y a veces llegaba a mantenerme despierto durante la noche. Pero dentro de mi corazón sabía que todo saldría bien y que yo salvaría el futuro de ambos igual que esperaba salvar el de mi buen doctor, John Archer. Sin embargo, como ya lo mencioné, jamás se me habría ocurrido ir a visitarlos de no haber sido por la fuerte fascinación que ejercía el tintineante martillo sobre mí. Permanecía sentado durante horas escuchando y escuchando, y cuando un perdido rayo de sol caía sobre el acero con incrustaciones, la sensación era casi demasiado intensa como para poder tolerarla. Mis ojos permanecían fijos, dilatándose con un placer que ponía cada nervio en tensión casi hasta romperse, hasta que algún movimiento del viejo armero obstaculizaba el rayo de luz. Entonces, aún secretamente excitado, me inclinaba hacia atrás y volvía a escuchar el sonido del trapo de pulir, *¡suish! ¡suish! ¡suish!*, que quitaba el óxido de los remaches.

Constance estaba trabajando con el bordado encima de sus rodillas, deteniéndose cada cierto tiempo para ver de cerca el modelo del plato esmaltado del Museo Metropolitan.

—¿Para quién lo hace? —pregunté.

Hawberk respondió que, aparte de haber sido nombrado armero de las armaduras atesoradas en el Museo

Metropolitan, también se encontraba a cargo de algunas colecciones que poseían ricos coleccionistas. Esta era la greba que le faltaba a una célebre armadura que un cliente suyo había rastreado hasta una pequeña tienda ubicada en París en el Quai d'Orsay. Él, Hawberk, había logrado encontrar y adquirir la greba, y ahora el conjunto de la armadura se encontraba completo. Colocó a un lado el martillo y me leyó la historia del conjunto rastreado hasta 1450, de dueño a dueño, hasta que Thomas Stainbridge lo adquirió. Cuando su imponente colección fue vendida, este cliente de Hawberk compró el conjunto de armadura y desde ese momento comenzó la búsqueda de la greba que faltaba hasta que, más o menos por accidente, también fue encontrada en París.

—¿Usted llevó a cabo la búsqueda con total perseverancia y sin tener la seguridad de que la greba aún existiera? —le pregunté.

—Por supuesto —respondió él tranquilamente.

Entonces, por primera vez, sentí un interés personal por Hawberk.

—¿Eso representaba alguna ganancia para usted? —me atreví a preguntar.

—No —respondió riendo—, mi recompensa fue el placer de encontrarla.

—¿Y no tiene deseos de enriquecerse? —le pregunté con una sonrisa.

—Mi único deseo es ser el mejor armero del mundo —respondió seriamente.

Constance me preguntó si había estado presente en la ceremonia de inauguración de la Cámara Letal. Ella había observado pasar a la caballería esa mañana por la calle Broadway y había tenido deseos de asistir a la inauguración, pero su padre necesitaba que el estandarte fuera terminado y por esa razón ella había permanecido en casa.

—¿Estaba su primo por allí, señor Castaigne? —preguntó con un muy leve temblor de sus delicadas pestañas.

—No —respondí despreocupadamente—. El regimiento de Louis se encuentra haciendo maniobras en el condado de Westchester.

Me levanté y cogí mi sombrero y mi bastón.

—¿Subirá para ver al lunático nuevamente? —preguntó sonriendo el viejo Hawberk.

Si Hawberk tuviera idea de cuánto odio la palabra *lunático* no la pronunciaría en mi presencia. Estimula ciertos sentimientos en mí que no deseo explicar. Sin embargo, le contesté serenamente:

—Creo que visitaré al señor Wilde un par de minutos.

—Pobre hombre —dijo Constance moviendo la cabeza—, debe de ser difícil vivir tan solo año tras año, pobre, lisiado y casi demente. Es muy generoso de su parte, señor Castaigne, visitarlo con tanta frecuencia como lo hace.

—Creo que es un ser malvado —señaló Hawberk, empezando de nuevo a martillar.

Sentí el dorado sonido golpeando las placas de la greba y cuando este finalizó, le contesté:

—No, no es malvado, ni es para nada demente. Su cabeza es un recinto de maravillas donde pueden hallarse tesoros por los que usted y yo entregaríamos años de nuestras vidas.

Hawberk rio. Yo seguí, algo ansioso:

—Conoce la historia como nadie más puede conocerla. Nada, por insignificante que parezca, escapa a sus indagaciones, y su memoria es tan amplia y tan precisa en los detalles que, si en Nueva York supieran que este hombre existe, no podrían rendirle suficientes honores.

—Tonterías —susurró Hawberk tratando de hallar un remache que se le había caído al suelo.

—¿Tonterías? —pregunté logrando controlar lo que sentía—. ¿Es una tontería cuando señala que los faldares y las musleras del juego de armadura esmaltado, tradicionalmente conocido como el Príncipe Blasonado, puedan hallarse entre una pila de trastos teatrales oxidados, cocinas rotas y desechos de ropavejeros en un sótano de la calle Pell?

Al señor Hawberk se le cayó el martillo, pero lo levantó y preguntó con extrema calma cómo era que yo sabía que faltaban los faldares y la muslera izquierda del Príncipe Blasonado.

—No lo sabía hasta que el señor Wilde me habló de ello el otro día. Mencionó que se hallaban en el sótano del 998 de la calle Pell.

—Tonterías —volvió a decir, pero noté cómo le temblaba la mano debajo del delantal de cuero.

—¿Y esto también es una tontería? —pregunté satisfecho—. ¿Es otra tontería que el señor Wilde hable de usted como el marqués de Avonshire y de la señorita Constance…?

No logré terminar, porque Constance se levantó de un salto con el terror dibujado en cada una de sus facciones. Hawberk me observó y, con lentitud, estiró su delantal de cuero.

—Eso no es posible —respondió—, es posible que el señor Wilde sepa muchas cosas...

—Sobre armaduras y sobre el Príncipe Blasonado, por ejemplo —interrumpí con una sonrisa.

—Así es —continuó calmadamente—, también sobre armaduras... seguramente... pero está equivocado con relación al marqués de Avonshire quien, como usted bien sabe, hace años asesinó al difamador de su esposa y se marchó a Australia, donde no la sobrevivió mucho tiempo.

—El señor Wilde debe estar equivocado —señaló Constance. Tenía los labios muy pálidos, pero su voz seguía siendo dulce y serena.

—Vamos a convenir, si así lo desean, que en esta oportunidad el señor Wilde está equivocado.

II

Subí los tres arruinados tramos de escalera que con tanta frecuencia había subido anteriormente y llamé a una pequeña puerta al final del corredor. El señor Wilde abrió la puerta y entré.

Después de pasar doble llave a la puerta y empujar contra ella un pesado mueble, vino y se sentó a mi lado, mirándome fijamente a la cara con sus pequeños ojos de color claro. Media docena de rasguños nuevos le adornaban la nariz y las mejillas, y los alambres de plata que sostenían sus falsas orejas estaban fuera de lugar. Pensé que nunca antes lo había visto tan terriblemente fascinante. No tenía orejas y las falsas, que ahora se encontraban perpendiculares con relación a los finos alambres, eran su única debilidad. Estaban fabricadas de cera y coloreadas con un tono rosa de conchilla de mar, aunque tenía el resto del rostro de color amarillo. Habría sido mejor concederse el lujo de obtener algunos dedos artificiales para su mano izquierda, la cual carecía totalmente de ellos, pero eso parecía no molestarlo y estaba satisfecho con sus orejas de cera. Era en extremo pequeño, apenas más alto que un infante de diez años, pero con los brazos regiamente desarrollados y los muslos tan fuertes como los de un atleta. No obstante, lo que era más llamativo en el señor Wilde es que un hombre de inteligencia y saber tan maravillosos tuviera semejante cabeza. Era plana y puntiaguda como las cabezas de tantos de esos infelices que la gente encierra en asilos para enfermos mentales. Muchos decían que estaba loco, pero yo sabía que estaba tan cuerdo como yo.

No voy a negar que fuera un excéntrico. La manía que tenía de conservar esa gata, a la que molestaba hasta que esta le saltaba a la cara igual que un demonio, era ciertamente una excentricidad. Nunca pude comprender por qué mantenía esa criatura, ni qué placer hallaba al encerrarse con tan arisco y sombrío animal. Recuerdo una vez que, al levantar sus ojos del manuscrito que estaba analizando a la luz de una vela de sebo, observé al señor Wilde en cuclillas, quieto sobre el asiento de la silla, los ojos llameantes de excitación, mientras la gata, que había dejado su lugar al lado de la estufa, se le aproximaba arrastrándose. Antes de que yo lograra moverme, se echó de vientre contra el suelo, se agazapó, tembló y le saltó a la cara. Maullando y botando espuma por la boca, los dos rodaron por el suelo repetidas veces, arañándose y dando zarpazos hasta que la gata dio un fuerte aullido y fue a ocultarse bajo el armario. El señor Wilde se echó de espaldas con sus miembros contraídos y temblorosos igual que las patas de una araña agonizante. Era realmente excéntrico.

El señor Wilde se subió a su alta silla y, después de examinar mi rostro, cogió un libro contable y lo abrió.

—Henry B. Matthews —leyó—, tenedor de libros en Whysot & Whysot y Compañía, vendedor de ornamentos eclesiásticos. Se presentó el 3 de abril. Reputación dañada en el hipódromo. Se le conoce como estafador. Reputación por reparar el 1 de agosto. Adelanto: cinco dólares.

Volvió la página y con sus nudillos sin dedos fue recorriendo las columnas densamente escritas.

—P. Greene Dusenberry, pastor evangélico, Fairbeach, Nueva Jersey. Reputación dañada en el Bowery. Por reparar tan rápidamente como sea posible. Adelanto: 100 dólares.

Tosió y siguió:

—Se presentó el 6 de abril.

—Entonces, usted no se encuentra necesitado de dinero, señor Wilde —comenté.

—Oiga —tosió de nuevo—. Señora C. Hamilton Chester, de Chester Park, Nueva York. Se presentó el 7 de abril. Reputación dañada en Dieppe, Francia. Por reparar el 1 de octubre. Adelanto: 500 dólares.

«Nota: C. Hamilton Chester, capitán del U.S.S. Avalanche, llegará a puerto el 1 de octubre, junto al Escuadrón de los Mares del Sur».

—Bien, pues —señalé—, el oficio de reparador de reputaciones es rentable.

Sus claros ojos buscaron los míos.

—Solo quería demostrarle que estoy en lo correcto. Usted mencionó que era imposible tener éxito como reparador de reputaciones, y que incluso si lo lograba en algunos casos, me costaría mucho más de lo que obtendría. Hoy mantengo empleados a quinientos individuos mal pagados, pero que trabajan con un entusiasmo probablemente surgido del miedo. Estos individuos provienen de todos los estratos y matices de la sociedad, algunos de ellos son sostenes de los más exclusivos santuarios sociales; otros son columna y orgullo del mundo económico; en fin, otros disfrutan de una indiscutida autoridad en el mundo de «la fantasía y el talento». Suelo elegir a mi antojo entre aquellos que responden a mis anuncios. Es muy fácil, todos son cobardes. De manera que ya ve usted, aquellos que tienen bajo su responsabilidad la reputación de sus conciudadanos conforman mi nómina de pagos.

—Puede que se vuelvan en su contra —insinué.

Restregó sus orejas mutiladas con el pulgar y ajustó las de cera que ocupaban su lugar.

—No lo creo —contestó reflexivo—. Pocas veces tengo que aplicar el látigo, únicamente en una ocasión, la verdad. Por lo demás, aprecian sus honorarios.

—¿Y cómo aplica el látigo? —pregunté.

Por un instante fue espantoso ver su cara. Sus ojos se redujeron hasta transformarse en un par de chispas verdes.

—Los invito a mantener una pequeña conversación conmigo —respondió con voz serena.

Un golpe a la puerta lo detuvo y su rostro volvió a mostrar una expresión afable.

—¿Quién es? —preguntó.

—El señor Steylette —fue la respuesta.

—Regrese mañana —respondió el señor Wilde.

—Es imposible… —comenzó el otro, pero una especie de gruñido lanzado por el señor Wilde lo silenció.

—Regrese mañana —repitió.

Escuchamos que alguien se retiraba de la puerta y se alejaba por el corredor.

—¿Quién era? —pregunté.

—Arnold Steylette, dueño y jefe de redacción del principal periódico de la ciudad.

Tamborileó sobre el libro contable con su mano sin dedos y agregó:

—Le pago bastante mal, pero él se siente favorecido.

—¡Arnold Steylette! —repetí con asombro.

—Así es —replicó el señor Wilde, tosiendo de pura satisfacción.

La gata, que había entrado en la estancia mientras él hablaba, lo vio y refunfuñó. Él bajó de la silla e, inclinándose hacia el suelo, tomó al animal entre sus brazos y lo acarició. La gata paró de gruñir y comenzó un largo ronroneo cuyo timbre parecía elevarse mientras él la acariciaba.

—¿Dónde se encuentran las notas? —pregunté.

Él me indicó la mesa y por enésima vez tomé el paquete de un manuscrito titulado:

LA DINASTÍA IMPERIAL DE AMÉRICA

Una a una fui examinando las gastadas páginas, gastadas exclusivamente por mis propias manos, y aunque ya lo sabía todo de memoria desde el comienzo «Cuando desde Carcosa, las Híades, Hastur y Aldebarán», hasta «Castaigne, Louis de Calvados, nacido el 19 de diciembre de 1877», leí con vehemente y anhelante atención, deteniéndome eventualmente para leer algunos párrafos en voz alta y especialmente en «Hildred de Calvados, hijo único de Hildred Castaigne y Edythe Landes Castaigne, primero en la sucesión», etcétera, etcétera, etcétera.

Cuando concluí, el señor Wilde afirmó con la cabeza y volvió a toser.

—Hablando de su verdadero interés —señaló—, ¿cómo están las cosas entre Constance y Louis?

—Ella lo ama —respondí sencillamente.

La gata que estaba en sus rodillas se volvió y le lanzó un zarpazo en los ojos, él la empujó y se subió a la silla que estaba frente a mí.

—¿Y el doctor Archer?… Aunque esa es una cuestión que usted puede arreglar cuando lo desee —agregó.

—Así es —contesté—, el doctor Archer puede esperar, pero ya es hora de que hable con mi primo Louis.

—Sí, ya es hora —repitió él.

Luego levantó otro libro contable de la mesa y ojeó sus páginas rápidamente.

—Ahora, nos encontramos en comunicación con diez mil hombres —indicó—. Dentro de las primeras veintiocho horas podemos disponer de cien mil, y en cuarenta y ocho horas, el Estado se alzará en *masse*. El país sigue al Estado, y a la fracción que no lo haga, estoy hablando de California y el noroeste, más le habría valido no haber sido habitada. No voy a enviarles el signo amarillo.

La sangre me subió a la cabeza, pero solo respondí:

—Escoba nueva barre bien.

—La ambición de César y Napoleón empalidece ante aquella que no logró descansar hasta que se apoderó de las mentes de los hombres y controló hasta sus pensamientos aún no concebidos —dijo el señor Wilde.

—Usted está hablando del Rey de Amarillo —dije con voz ronca y con un estremecimiento.

—Es un rey al que han servido incluso emperadores.

—Me alegra ser su servidor —respondí.

El señor Wilde se encontraba sentado frotándose las orejas con su mano incapacitada.

—Tal vez Constance no lo ama —insinuó.

Iba a responder, pero la repentina irrupción de música militar sonando en la calle ahogó mi voz. El vigésimo pelotón de dragones, antes situado en el monte St. Vicent, estaba regresando de las maniobras en el condado de Westchester a sus nuevos cuarteles al lado oeste del Washington Square. Era el pelotón de mi primo: un precioso grupo de individuos usando ajustadas chaquetas color celeste, elegantes cascos de piel y calzas de montar blancas con doble franja amarilla en las que sus piernas parecían modelarse. Todos los demás escuadrones iban armados con lanzas, de cuyas puntas metálicas ondeaban banderines amarillos y blancos. La banda avanzaba ejecutando la marcha del regimiento, después pasaron el coronel y los soldados. Los caballos ocupaban el camino que resonaba bajo sus cascos, mientras sus cabezas subían y bajaban al unísono y los pendones ondeaban en las puntas de las lanzas. Las tropas, que montaban en la hermosa silla inglesa, parecían pardas como las bayas al volver de la plácida campaña entre las granjas de Westchester, y la música del choque de sus sables contra las espuelas y el tintinear de las espuelas y los fusiles me deleitaron. Vi a mi primo cabalgando con su batallón. Era un oficial tan atractivo como el que más. El señor Wilde, que se había subido a una silla, también lo vio, pero no pronunció ni una palabra. Louis se volvió y, al pasar, observó claramente la tienda de Hawberk y pude advertir cómo el rubor coloreaba sus tostadas mejillas. Creo que Constance debía encontrarse en la ventana. Cuando las últimas tropas pasaron ruidosas y los últimos pendones se disiparon en la Quinta Avenida Sur, el señor Wilde descendió de su silla y arrastró la cómoda lejos de la puerta.

—Sí —mencionó—, ya es tiempo de que hable con su primo Louis.

Quitó los cerrojos de la puerta, y yo tomé mi bastón y mi sombrero y salí hacia el pasillo. Las escaleras se encontraban oscuras. Andando a tientas, puse el pie sobre algo blando que gruñó y escupió. Lancé un golpe asesino contra el gato, pero mi bastón se hizo astillas contra la baranda y el animal se escapó de vuelta a la habitación del señor Wilde.

Al pasar otra vez frente a la puerta de Hawberk, observé que aún trabajaba en la armadura, pero no me detuve y, avanzando hacia la calle Bleecker, continué por ella hasta Wooster, evadí los terrenos de la Cámara Letal y, atravesando el parque de Washington, fui directamente a las habitaciones que ocupaba en el Benedick. Allí comí con total comodidad, leí el *Herald* y el *Meteor*, y finalmente me dirigí a la caja fuerte de mi cuarto y activé la combinación de tiempo. Los tres minutos y tres cuartos, que se precisan para que la cerradura de operación temporal se abra, son minutos de oro para mí. Desde el instante en que pongo a funcionar la combinación hasta el instante en que cojo la perilla y abro las macizas puertas de acero, experimento el éxtasis de la espera. Esos instantes deben ser como los que se viven en el paraíso. Yo sé lo que voy a hallar al terminar el límite del tiempo. Yo sé lo que la sólida caja fuerte protege de modo seguro para mí, únicamente para mí, y el delicioso placer de la espera a duras penas es superado cuando la caja se abre y alzo, desde su lecho de terciopelo, una joya del oro más puro plagada de diamantes. Hago lo mismo todos los días, no obstante, la emoción de esperar y luego tocar la joya solo parece aumentar con el paso de los días. Es una diadema para un rey entre reyes, para un emperador entre emperadores. El Rey de Amarillo tal vez la rechace, pero su real sirviente la llevará.

La sostuve en mis brazos hasta que la alarma de la caja fuerte sonó ásperamente, y en ese momento, con cariño y orgullo, la coloqué en su sitio y cerré nuevamente las puertas de acero. Lentamente, regresé a mi estudio que da hacia el Washington Square y me apoyé en el borde de la ventana. El sol de la tarde entraba por mis ventanas y una brisa amable movía las ramas de los olmos y los arces del parque, actualmente cubiertos de capullos y de brotes. Una bandada de aves giraba alrededor de la torre de la iglesia Memorial, posándose por momentos en el techo de mosaicos color púrpura, otras descendían en la fuente de los lotos delante del arco de mármol. Los jardineros se encontraban trabajando en los macizos de flores que rodean la fuente y la tierra recién removida tenía un aroma dulce y aromático. Una cortadora de hierba, tirada por un pesado caballo blanco, resonaba en medio del verde césped y carros de riego lanzaban lluvias de rocío sobre los caminos de asfalto. Rodeando la estatua de Peter Stuyvesant, que en 1897 sustituyó a la aberración que teóricamente representaba a Garibaldi, había niños jugando bajo el sol de la primavera, y jóvenes niñeras iban empujando cochecitos con alocada desconsideración por sus ocupantes de rostros de pastel, lo que tal vez tuviera explicación en la presencia de media docena de distinguidos soldados de caballería que relajadamente ocupaban los bancos ociosos. Entre los árboles, el arco en honor a Washington deslumbraba como plata al sol, y más allá, en el lado Este del parque, los cuarteles de piedra gris de los soldados de caballería y los establos de la artillería de granito blanco se hallaban colmados de colorida y agitada vida.

Observé la Cámara Letal en la esquina al otro lado del parque. Algunos pocos curiosos aún permanecían alrededor de la baranda de hierro dorado, pero dentro del terreno los caminos estaban desiertos. Observé las fuentes que murmuraban y resplandecían, los gorriones ya habían encontrado este nuevo refugio acuático y los pozos se hallaban apretujados con la presencia de estos pajarillos de plumas empolvadas. Dos o tres pavos reales blancos caminaban picoteando por los prados y una paloma de color oscuro se hallaba tan inmóvil sobre el brazo de una de las Parcas, que parecía ser parte de la piedra tallada.

Cuando me alejaba despreocupadamente, un ligero alboroto en el grupo de curiosos que permanecía en torno a las puertas llamó mi atención. Había entrado un hombre joven que caminaba con pasos largos y nerviosos por el camino de grava que llevaba hasta las puertas de bronce de la Cámara Letal. Se paró un momento frente a las Parcas, y cuando levantó la cabeza hacia las tres misteriosas caras, la paloma alzó el vuelo, dio un par de vueltas y se dirigió hacia el Este. El joven se llevó las manos a la cara y luego, con un gesto indefinible, subió de un salto los escalones de mármol, las puertas de bronce se cerraron detrás de él y media hora después los curiosos se alejaron con paso apático y la asustada paloma regresó a ocupar su lugar en el brazo de la Parca.

Me puse el sombrero y decidí dar un paseo por el parque antes de cenar. Mientras avanzaba por el camino central, iba pasando un grupo de oficiales y uno de ellos exclamó:

—¡Hola, Hildred! —y vino hacia mí para estrecharme la mano.

Era mi primo Louis, que sonreía y se daba pequeños golpes en las espuelas con su látigo de montar.

—Acabo de regresar de Westchester —mencionó—, estuve haciendo vida campestre: leche y requesón, ya sabes, lindas ordeñadoras con cofia que cuando les dices que son bonitas responden «caramba» y «no lo creo». Estoy muriendo por una buena comida en *Delmonico's*. ¿Alguna novedad?

—Ninguna —le contesté en tono amable—. Pude ver la llegada de tu regimiento hoy por la mañana.

—¿De veras? Yo no te vi, ¿dónde estabas?

—En casa del señor Wilde.

—¡Oh, rayos! —expresó con inquietud—. ¡Ese personaje es un loco de atar! No comprendo por qué te…

Pudo darse cuenta de cuán incómodo me sentía yo con su comentario y me pidió disculpas.

—De veras, viejo —continuó—, no es mi intención ofender a un hombre a quien aprecias, pero por mi vida, no logro entender qué diablos tienes en común con el señor Wilde. Para decirlo amablemente, no es de buena familia, es terriblemente deforme y tiene la cabeza de un criminal demente. Tú bien sabes que ha estado en un asilo…

—Yo también —lo interrumpí con placidez.

Louis pareció aturdido y confundido por un instante, pero se recuperó y me dio palmaditas en el hombro con cariño.

—Tú estabas recuperado por completo —empezó, pero lo interrumpí nuevamente.

—Imagino que quieres decir, simplemente, que se reconoció que nunca sufrí de locura.

—Por supuesto, eso… eso es lo que quise decir —dijo con una sonrisa.

Me molestó su risa porque sabía que era falsa, pero alegremente afirmé con la cabeza y le pregunté a dónde se dirigía. Louis vio a sus colegas oficiales, que prácticamente habían llegado a Broadway.

—Teníamos el propósito de probar un cóctel Brunswick pero, para serte franco, estaba ansioso por hallar una excusa para ir a ver a Hawberk. Ven conmigo, tú serás mi excusa.

Hallamos al viejo Hawberk elegantemente vestido con un nuevo traje de primavera, de pie en la puerta de su tienda respirando un poco de aire fresco.

—Había decidido llevar a Constance a dar un pequeño paseo antes de la cena —contestó frente a la impetuosa avalancha de preguntas que le dirigió Louis—. Pensábamos recorrer la terraza del parque que se encuentra a lo largo del río North.

En ese momento llegó Constance, quien empalideció y enrojeció repetidamente cuando Louis se inclinó sobre sus pequeños dedos enguantados. Yo intenté excusarme, mencionando un compromiso previo en el distrito residencial, pero Louis y Constance no quisieron enterarse de ello y me di cuenta de que estaban esperando que permaneciera junto a ellos para distraer la atención del viejo Hawberk. Después de todo, no estaría mal que pusiera un ojo sobre Louis, pensé, y cuando detuvieron un coche en la calle Spring, subí después de ellos y me senté al lado del armero.

La encantadora línea de parques y terrazas de granito que avistaban los muelles a lo largo del río North, que se construyeron en 1910 y fueron finalizados en el otoño de 1917, se había transformado en uno de los paseos más notorios de la metrópoli. Se extendían desde el Battery hasta la calle Ciento noventa, con vistas al noble río y brindando una hermosa vista de la costa de Jersey y los Highlands al frente. Aquí y allá había cafés y restaurantes dispersos entre los árboles, y dos veces a la semana las bandas militares tocaban en los quioscos que se encontraban en los bordes.

Nos sentamos bajo el sol en un banco que se encontraba al pie de la estatua ecuestre del general Sheridan. Constance inclinó su sombrilla para proteger sus ojos del sol, y ella y Louis iniciaron una susurrante conversación que era imposible de captar. El señor Hawberk, que se apoyaba en su bastón con cabeza de marfil, encendió un magnífico cigarro, cuyo par rechacé cortésmente y sonreí con indiferencia. El sol se hallaba bajo sobre los bosques de la isla Staten y la bahía parecía teñida de tonos dorados que se reflejaban en las velas iluminadas por el sol de los barcos varados en el puerto.

Bergantines, fragatas, yates, ferries entorpecidos con la aglomeración de personas en la cubierta, líneas de transportes ferroviarios con vagones de carga marrones, azules y blancos, pomposos vapores del canal, vapores cargueros de servicio irregular, barcos de cabotaje, dragas, chalanas y, en infinidad de lugares en la bahía, pequeños remolcadores desvergonzados que resoplaban y pitaban laboriosos. Estas eran las naves que se meneaban en las aguas soleadas hasta donde la vista lograba alcanzar. En calmado contraste con los agitados veleros y vapores, una callada flota de buques de guerra color blanco estaba inmóvil en medio de la corriente.

La jubilosa risa de Constance me sacó del ensueño.

—¿Qué está observando tan fijamente? —preguntó.

—Nada… la flota de barcos —sonreí.

Entonces Louis nos señaló cuáles eran los barcos, indicando cada uno por su posición relativa con respecto al antiguo Fuerte Red en la Isla Governor.

—Aquella nave con forma de cigarro es un torpedero —mencionó—, hay otros cuatro muy cerca. Son el *Tarpon*, el *Falcon*, el *Sea Fox* y el *Octopus*. Los cañoneros que están más arriba en la corriente son el *Princeton*, el *Champlain*, el *Still Water* y el *Erie*. Al lado se encuentran los cruceros *Farragut* y *Los Ángeles*, y más alejados los acorazados *California* y *Dakota*, y el buque insignia, *Washington*. Esos dos trozos de metal achatados, anclados al lado del castillo William son los monitores de doble torre blindada: el *Terrible* y el *Magnificent*; detrás puede verse el ariete *Osceola*…

Constance lo observaba con profundo beneplácito en sus bellos ojos.

—Qué cantidad de cosas sabes para ser un soldado —exclamó, y nos reímos todos juntos después de sus palabras.

Entonces, Louis se levantó, nos hizo un gesto con la cabeza y le ofreció su brazo a Constance. Ambos se fueron paseando a lo largo del muro del río. Hawberk los estuvo observando por un momento y luego se dirigió a mí.

—El señor Wilde estaba en lo correcto —mencionó—. Encontré los faldares y la muslera izquierda que faltaban del Príncipe Blasonado en un mugriento sótano de trastos en la calle Pell.

—¿En el 998? —pregunté sonriente.

—Así es.

—El señor Wilde es un hombre muy sabio.

—Quiero darle el crédito de este importantísimo descubrimiento —continuó Hawberk—. Y tengo el propósito de que se reconozca que él tiene derecho a la fama por ello.

—Él no lo va a agradecer —señalé con brusquedad—. Por favor, no mencione el asunto.

—¿Tiene idea del valor que tiene? —preguntó Hawberk.

—No. Tal vez cincuenta dólares.

—Está valorado en quinientos, pero el dueño del Príncipe Blasonado pagará dos mil dólares a la persona que complete el juego. Esa distinción también le corresponde al señor Wilde.

—¡No la desea! ¡La rechaza! —contesté molesto—. ¿Qué sabe usted del señor Wilde? No necesita el dinero. Es rico… o lo será… más rico que nadie salvo mi persona. ¿Qué importará el dinero entonces… qué nos importará a él o a mí cuando… cuando…?

—¿Cuándo qué? —preguntó Hawberk sorprendido.

—Ya usted lo sabrá —dije nuevamente en guardia.

Me observó con atención, como solía hacerlo el doctor Archer, y noté que pensaba que yo me encontraba mentalmente enfermo. Seguramente fue una suerte para él que no mencionara la palabra lunático en ese momento.

—¡No! —respondí a su inesperado pensamiento—. No me encuentro mentalmente alterado, estoy tan cuerdo como el señor Wilde. Pero aún no quiero hablar de lo que traigo entre manos, aunque se trata de una inversión que será más rentable que el oro, la plata, o las piedras preciosas. Asegurará la felicidad y la prosperidad de todo un continente… ¡Sí, de un hemisferio!

—¡Ah! —exclamó Hawberk.

—Y al final —seguí con más calma— asegurará la felicidad de todo el mundo.

—¿Y también su propia felicidad y la del señor Wilde?

—Así es —sonreí, pero lo habría ahorcado por emplear ese tono.

Me observó en silencio por un instante y luego, con suma delicadeza, me sugirió:

—Señor Castaigne, ¿por qué no deja sus libros y los estudios y toma unas vacaciones en las montañas? A usted le agradaba pescar. La pesca de truchas suele ser muy interesante.

—Ya no estoy interesado en la pesca —respondí sin la menor muestra de fastidio en mi voz.

—A usted solía gustarle todo —siguió—: el atletismo, la navegación, la caza, los caballos…

—Desde mi caída, nunca más quise cabalgar —respondí con calma.

—Ah, cierto, su caída —dijo retirando su mirada de mí.

Pensé que todas estas tonterías ya habían durado suficiente tiempo, de manera que conduje la conversación hacia el tema del señor Wilde nuevamente; pero Hawberk me observaba el rostro de manera bastante ofensiva…

—El señor Wilde —repitió— …¿Tiene idea de lo que hizo hoy por la tarde? Bajó las escaleras y colocó un letrero encima de la puerta de entrada, al lado de la mía, que dice:

SR. WILDE
REPARADOR DE REPUTACIONES
3ª CAMPANILLA

»¿Usted sabe qué quiere decir Reparador de Reputaciones?

—Sí lo sé —dije conteniendo la ira que sentía en mi interior.

—¡Ahh! —volvió a decir.

Louis y Constance se nos aproximaron con lentitud y nos preguntaron si deseábamos acompañarlos. Hawberk miró su reloj. En ese mismo instante una nube de humo salió de las defensas del castillo William y el estruendo del cañonazo de la tarde repicó sobre el agua, y su eco retornó desde los Highlands hacia la otra orilla. La bandera descendió rápidamente por el asta, las cornetas se escucharon sonar en las blancas cubiertas de los buques de guerra y una luz eléctrica se encendió en la costa de Jersey.

Cuando regresábamos con Hawberk a la ciudad, pude oír que Constance le susurraba algo a Louis en voz tan baja que me fue imposible entenderla, y Louis, también en voz muy baja, le dijo «querida mía» como respuesta; y de nuevo, mientras caminaba adelante, cruzando la plaza con Hawberk, escuché un susurrado «tesoro» y otro «mi Constance», y entendí que ya casi era el momento de discutir temas muy serios con mi primo Louis.

III

Un día de mayo, bien temprano, me hallaba delante de la caja fuerte probándome la corona. Los diamantes resplandecían como el fuego cuando me vi en el espejo y el denso oro batido brillaba como un halo alrededor de mi cabeza. Vino a mi memoria el grito de agonía de Camilla y las espantosas palabras que resonaron en las oscuras calles de Carcosa. Eran las últimas líneas del primer capítulo y no tenía el valor de pensar en lo que continuaba… no osaba hacerlo ni siquiera bajo el sol de la primavera, allí en mi propia habitación, rodeado de cosas familiares, animado por la agitación de la calle y por las voces de los sirvientes en el cuarto de al lado, ya que esas palabras emponzoñadas se habían colado gradualmente en mi corazón, igual que las gotas de sudor de la muerte en los sudarios. Temblando, retiré la diadema de mi cabeza y me sequé la frente, entonces pensé en Hastur y en mi propia ambición, y recordé al señor Wilde tal como lo había observado la última vez, con su cara rasgada y sangrante por las garras de aquella gata del diablo y lo que dijo. ¡Ah, lo que dijo! La campanilla de alarma de la caja fuerte comenzó a sonar ensordecedora y supe que se me había terminado el tiempo, pero esta vez no hice caso, y ciñendo de nuevo la magnífica corona sobre mi cabeza, me volví desafiante hacia el espejo. Permanecí largo tiempo abstraído por el cambio de expresión de mi propia mirada. El espejo reflejaba un rostro como el mío, pero más blanco y tan consumido que apenas lo reconocí. Durante todo ese tiempo me iba repitiendo entre los dientes apretados: «¡El día ha llegado, el día ha llegado!»; mientras tanto, la alarma de la caja fuerte seguía sonando y protestando, y los diamantes fulguraban y resplandecían sobre mi frente. Escuché que se abría una puerta, pero tampoco hice caso de ello. Solamente cuando vi un par de caras en el espejo… solamente cuando observé otro rostro aparecer encima de mi hombro y otro par de ojos posarse en los míos… giré como un rayo y tomé un amplio puñal de la mesa de tocador. En ese momento, mi primo, con el rostro muy pálido, dio un salto hacia atrás, gritando:

—¡Hildred! ¡Por el amor de Dios!

Entonces, cuando bajé mi mano, me dijo:

—Hildred, soy yo, Louis. ¿No me reconoces?

Me quedé callado. No podría haber dicho nada, aunque mi vida dependiera de ello. Él vino hacia a mí y retiró el puñal de mi mano.

—¿Qué significa todo esto? —me preguntó con ternura—. ¿Estás bien?

—Sí —le respondí. Pero no creo que me haya escuchado.

—¡Vamos, viejo, vamos! —exclamó—, quítate esa corona de metal y vamos al estudio. ¿Vas a un baile de máscaras? ¿Qué es todo este oropel teatral?

Me alegré de que pensara que la corona estaba fabricada de latón y pasta… aunque no me gustó que lo pensara. Dejé que la tomara de mi mano, pues sabía que lo mejor era seguirle la corriente. Lanzó la espléndida joya al aire y, al cogerla de nuevo, giró hacia mí sonriendo.

—Pagar cincuenta centavos por ella es caro. ¿Para qué es?

No contesté, pero cogiendo la corona de sus manos, la coloqué en la caja fuerte y cerré la maciza puerta de acero. De inmediato, la alarma cesó su maléfico tintineo. Él me miró con curiosidad, pero no pareció notar el repentino cese de la alarma. No obstante, dijo algo de la caja fuerte igual que si fuera una caja de bizcochos. Por temor a que descubriera la combinación, lo llevé al estudio. Louis se tiró en el sofá y comenzó a espantar las moscas con su inseparable látigo de montar. Vestía el uniforme de faena con la chaqueta trencillada y la arrogante gorra, y noté que sus botas de montar estaban manchadas de lodo rojo.

—¿Dónde estabas? —le pregunté.

—Saltando cauces de lodo en Jersey —respondió—. No he tenido oportunidad de cambiarme aún, ya que tenía apuro por verte. ¿No me brindas un trago de algo? Estoy cansado de muerte. He estado sobre un caballo veinticuatro horas.

Le brindé algo de brandy que había en mi armario y él se lo bebió con un mohín.

—Esto es terriblemente malo —señaló—. Voy a darte una dirección donde venden un brandy que sí es brandy…

—Es lo suficientemente bueno para mis necesidades —comenté indiferente—. Lo uso para darme fricciones en el pecho.

Me miró con atención y espantó otra mosca.

—Mira, viejo —comenzó—, quisiera sugerirte algo. Hace cuatro años que permaneces encerrado aquí igual que un búho, sin viajar a ninguna parte, sin hacer ejercicios saludables, sin hacer nunca una maldita cosa aparte de concentrarte en esos libros que están en la repisa de la chimenea.

Vio la fila de los anaqueles.

—Napoleón, Napoleón, Napoleón —leyó—. ¡Por amor de Dios! ¿Solo tienes Napoleones aquí?

—Desearía que estuvieran encuadernados en oro —respondí—. Pero espera, sí, tengo otro libro, *El Rey de Amarillo*.

Lo observé atentamente a los ojos.

—¿Lo has leído? —le pregunté.

—¿Yo? ¡No, gracias al cielo! No deseo perder la cabeza.

Vi que se arrepintió de lo que había dicho apenas acababa de hacerlo. Existe solo una palabra que aborrezco más que lunático, y esa palabra es loco. Pero mantuve el control y le pregunté por qué suponía peligroso *El Rey de Amarillo*.

—Oh, la verdad es que no lo sé —respondió de prisa—. Solo recuerdo el alboroto que produjo y las condenas de la iglesia y la prensa. Creo que el escritor se dio un tiro después de dar a luz semejante monstruosidad, ¿no es cierto?

—Creo que aún está vivo —respondí.

—Eso es seguramente cierto —comentó—, las balas no podrían hacer nada contra un demonio semejante.

—Es un libro de grandiosas verdades —señalé.

—Sí —replicó—, de «verdades» que vuelven locos a los hombres y destrozan sus vidas. No me importa que ese libro sea, tal como mencionan, la naturaleza suprema del arte. Es un verdadero crimen haberlo escrito y por mi parte nunca lo abriré.

—¿Y es eso lo que has venido a decirme? —le pregunté.

—No —respondió—, he venido a decirte que me voy a casar.

Creo que por un instante mi corazón paró de latir, pero continué mirándolo a los ojos.

—Sí —continuó sonriendo con felicidad—, voy a casarme con la más encantadora joven de la tierra.

—Constance Hawberk —dije mecánicamente.

—¿Cómo lo supiste? —exclamó sorprendido—. Yo no lo sabía hasta aquella tarde de abril en que fuimos a pasear por el malecón antes de cenar.

—¿Y cuándo será la boda? —pregunté.

—Iba a ser el próximo mes de setiembre, pero hace una hora recibí la orden de que mi regimiento se presente en el Presidio, San Francisco. Salimos mañana al mediodía. Mañana —volvió a decir—. Piénsalo, Hildred, mañana voy a ser el hombre más feliz que haya vivido nunca en esta deliciosa tierra, porque Constance irá conmigo.

Le di la mano para felicitarlo y él la tomó y la apretó como el perfecto necio que era… o que aparentaba ser.

—Voy a recibir mi batallón como regalo de bodas —continuó con su parloteo—. El capitán y la señora Castaigne, ¿eh, Hildred?

Entonces me mencionó dónde se celebraría la boda y quiénes estarían allí, y me hizo darle mi palabra de que iría y sería el padrino. Apreté los dientes y oí su juvenil charla sin mostrarle lo que sentía, pero…

Estaba alcanzando los límites de mi resistencia, y cuando él se levantó de un salto, sacudiendo sus espuelas hasta que repicaron y mencionó que se iba, no intenté detenerlo.

—Solo hay algo que deseo pedirte —le dije con tranquilidad.

—Dímelo, te lo prometo desde ya —dijo sonriendo.

—Deseo que esta noche nos encontremos para mantener una conversación de quince minutos.

—Pues claro, si así lo deseas —dijo algo confuso—. ¿Dónde?

—Puede ser en cualquier lugar. Allí en el parque.

—¿A qué hora, Hildred?

—A medianoche.

—¡Caramba, en nombre de…! —comenzó, pero se detuvo y asintió con una sonrisa.

Vi como bajaba las escaleras y salía velozmente. Su sable repicaba a cada uno de sus largos pasos. Cruzó en la calle Bleecker y pensé que iría a ver a Constance. Le di diez minutos para esfumarse y después comencé a seguirlo, llevando conmigo la corona enjoyada y la capa en la que se hallaba bordado el signo amarillo. Cuando crucé en la calle Bleecker y crucé la puerta que sostenía el letrero:

SR. WILDE
REPARADOR DE REPUTACIONES
3ª CAMPANILLA

pude ver al viejo Hawberk trabajando en su tienda e imaginé que escuchaba la voz de Constance en la sala, pero los evadí y subí rápidamente las desvencijadas escaleras para ir al apartamento del señor Wilde. Llamé a la puerta y me salté las formalidades. El señor Wilde se encontraba en el suelo gruñendo, con el rostro ensangrentado y la ropa hecha jirones. La alfombra se hallaba cubierta de manchas de sangre y también estaba toda desgarrada por una batalla obviamente reciente...

—Esa maldita gata —señaló, dejando de gruñir y dirigiendo hacia mí sus ojos descoloridos— me embistió mientras dormía. Creo que va a terminar matándome.

Esto era excesivo, así que fui a la cocina y, agarrando un cuchillo de la despensa, comencé a buscar al infernal animal para ajustar cuentas con él en ese preciso instante. Mi búsqueda terminó siendo infructuosa y, al cabo de un momento, la abandoné, entonces regresé junto al señor Wilde, que estaba de cuclillas encima de su alta silla al lado de la mesa. Se había lavado la cara y cambiado sus ropas. Las grandes heridas que las garras de la gata le habían hecho en la cara estaban cubiertas con colodión y un trapo le cubría la herida que tenía en la garganta. Le mencioné que mataría a la gata cuando la encontrara, pero se limitó a mover la cabeza y a volver las páginas del libro contable que tenía frente a él. Leía un nombre tras otro de quienes habían ido a verlo con relación a su reputación, y las cantidades que había acumulado eran sorprendentes.

—Eventualmente ajusto los tornillos —declaró.

—Un día de estos alguna de esas personas lo matará —insistí.

—¿En verdad lo cree? —dijo restregándose las orejas amputadas.

Era infructuoso discutir con él, de manera que bajé el volumen titulado *Dinastía Imperial de América*, el cual bajaría por última vez en el estudio del señor Wilde. Lo leí totalmente, excitado y temblando de placer. Cuando finalicé, el señor Wilde tomó el manuscrito y, caminando hacia el oscuro pasaje que se dirige del estudio al dormitorio, llamó con un susurro:

—Vance.

Entonces, por primera vez, observé a un hombre agazapado allí en la sombra. Cómo era que no lo había visto mientras buscaba al gato, no tengo idea.

—Vance, entre —indicó el señor Wilde.

La figura se levantó y avanzó arrastrando los pies hacia nosotros. Jamás olvidaré su cara frente a la mía cuando la iluminó la luz que penetraba por la ventana.

—Vance, este es el señor Castaigne —señaló el señor Wilde.

Antes de que hubiera terminado de hablar, el hombre se lanzó al suelo frente a la mesa, sollozando fatigosamente:

—¡Oh, Dios! ¡Oh, Dios mío! ¡Ayúdame, por favor! Perdóname… Oh, señor Castaigne, aleje a este hombre de mí. No puede ser, no puede ser que esta sea su intención. ¡Usted es diferente a él… ayúdeme! Estoy indispuesto. Me encontraba en un manicomio y justo ahora… cuando todo estaba saliendo bien… cuando ya había logrado olvidar al Rey… al Rey de Amarillo, y… pero volveré a enloquecer de nuevo… voy a volverme loco…

Su voz se quebró en un gemido de ahogo porque el señor Wilde se había lanzado sobre él y apretaba la garganta de aquel hombre con su mano derecha. Cuando Vance cayó despatarrado en el suelo, el señor Wilde se volvió a subir ágilmente en su silla y, restregando sus orejas mutiladas con el muñón de su mano, se dirigió a mí y me pidió el libro contable. Lo bajé del estante y él lo abrió. Después de buscar por un minuto entre las páginas nítidamente escritas, tosió con satisfacción e indicó el nombre de Vance.

—Vance —comenzó a leer en voz alta—, Osgood Oswald Vance —al escuchar su nombre, el hombre que yacía en el suelo levantó la cabeza y volvió su rostro convulso hacia el señor Wilde. Tenía los ojos inyectados de sangre y los labios congestionados—. Se presentó el 28 de abril —siguió el señor Wilde—. Ocupación: cajero del Banco Nacional de Seaforth. Cumplió una condena por falsificación en Sing Sing, de donde fue reubicado en el asilo para locos criminales. Fue perdonado por el gobernador de la ciudad de Nueva York y se le permitió salir del asilo el 19 de enero de 1918. Reputación dañada en la bahía de Sheep-shead. Hay rumores de que vive por encima del nivel que le permiten sus ingresos. Reputación por reparar de inmediato. Adelantó 1.500 dólares.

«Nota: Desde el 20 de marzo de 1919, se ha adueñado ilegalmente de sumas que alcanzan los 30.000 dólares. Es miembro de una excelente familia y aseguró su actual posición gracias a su tío. Su padre es el presidente del banco de Seaforth».

Observé al hombre tirado en el suelo.

—De pie, Vance —dijo el señor Wilde con voz afable. Vance se levantó como alguien que está hipnotizado—. Ahora, usted hará lo que digamos —manifestó, y abriendo el libro leyó la historia completa de la *Dinastía Imperial de América*.

Después, con una especie de susurro sedante, discutió ciertos puntos importantes con Vance, que se hallaba como aturdido. Tenía una mirada tan inexpresiva y vacía que llegué a pensar que había perdido el juicio y así se lo hice saber al señor Wilde, quien me respondió que, de cualquier manera, eso no tenía importancia. Con suma paciencia le expusimos a Vance cuál sería su participación en el asunto, y después de un rato, él pareció comprenderlo. El señor Wilde fue explicando el manuscrito apoyándose en varios ejemplares de heráldica para confirmar el resultado de sus investigaciones. Señaló cómo se estableció la dinastía en Carcosa, los lagos que conectaban Hastur, Aldebarán y el misterio de las Híades. Habló de Cassilda y Camilla y exploró las sombrías profundidades de Demhe y el lago de Hali.

—Los bordados jirones del Rey de Amarillo deben esconder Yhtill para siempre —expresó, pero no creo que Vance lo escuchara.

Entonces, paulatinamente, fue conduciendo a Vance por las bifurcaciones de la familia imperial hasta Uoht y Thale, desde Naotalba y el fantasma de la verdad hasta Aldones; y luego, lanzando a un lado el manuscrito y sus notas, comenzó a relatar la maravillosa historia del último rey. Yo lo veía fascinado y lleno de emoción. Alzó la cabeza, alargó los extensos brazos en un magnífico gesto de orgullo y poder, y sus ojos brillaron en lo profundo de sus cuencas igual que dos esmeraldas. Vance escuchaba boquiabierto. Con relación a mí, el señor Wilde finalmente terminó y, apuntándome, exclamó:

—¡El primo del rey! —y mi cabeza se inflamó de emoción.

Manteniendo el control, con voluntad sobrehumana, le expliqué a Vance por qué yo era el único digno de la corona y por qué mi primo debía ser exiliado o morir. Le hice entender que mi primo no debía casarse nunca, incluso después de haber renunciado a sus aspiraciones, pero, sobre todo, por qué no debía esposar a la hija del marqués de Avonshire y de ese modo incluir a Inglaterra en el asunto. Le mostré la lista de miles de nombres que el señor Wilde había elaborado: cada hombre que aparecía en ella había recibido el signo amarillo, que ningún ser humano vivo se atrevería a ignorar. La ciudad, el Estado, el país entero estaba dispuesto a levantarse y a temblar frente a la Máscara pálida.

Había llegado el momento y la gente debía conocer al hijo de Hastur, el mundo entero debía inclinarse ante las estrellas negras que resplandecen en el cielo sobre Carcosa.

Vance se apoyó en la mesa, con la cabeza enterrada entre sus manos. El señor Wilde trazó un torpe esbozo en el margen de un ejemplar del *Herald* del día anterior con un lápiz de grafito. Era el plano de la vivienda de Hawberk. Al instante escribió la orden, colocó el sello y yo, temblando igual que un impedido, firmé la primera orden de ejecución con mi nombre, Hildred Rex.

El señor Wilde bajó al suelo y, abriendo el armario, sacó del primer anaquel una larga caja rectangular. Dentro de ella se encontraba un puñal nuevo cubierto con papel de seda. Yo lo tomé y se lo entregué a Vance, junto con la orden y el plano de la vivienda de Hawberk. Entonces, el señor Wilde le indicó a Vance que podía retirarse y él se fue arrastrando los pies como un paria de los barrios más bajos.

Permanecí sentado un momento mirando la luz del día esfumarse detrás de la torre cuadrada de la iglesia Judson Memorial y, entonces, recogiendo el manuscrito y las notas, tomé mi sombrero y caminé hacia la puerta.

El señor Wilde me observaba sin decir palabra. Cuando llegué al vestíbulo, me volví. Los ojillos del señor Wilde seguían posados sobre mí. Detrás de él, las sombras se acumulaban en la luz que desaparecía. Seguidamente cerré la puerta y salí a las calles en penumbras.

No había tomado nada de comer desde el desayuno, pero tampoco sentía apetito. Una infeliz criatura medio muerta de hambre, que contemplaba desde la acera de enfrente la Cámara Letal, se percató de mi presencia y se aproximó para contarme una historia de infortunio. Le di algo de dinero, no sé por qué, y se retiró sin darme las gracias. Una hora después, otro paria se me acercó y, suplicante, narró su historia. Yo guardaba en mi bolsillo un pequeño trozo de papel en el que estaba dibujado el signo amarillo y se lo entregué. Él lo observó estúpidamente por un instante y luego, viéndome con una mirada incierta, lo dobló con lo que me pareció un cuidado exagerado y lo guardó junto a su pecho.

Las luces eléctricas resplandecían entre los árboles y la luna nueva brillaba en el cielo sobre la Cámara Letal. Era agotador esperar en el parque. Caminé desde el arco de mármol hasta los establos de la artillería y regresé de nuevo a la fuente de los lotos. Las flores y la hierba exhalaban un aroma que me inquietaba. El chorro de la fuente jugaba bajo la luz de la luna y el musical chapoteo de las gotas al caer me hacía recordar el tintineo de la cota de malla en la tienda del señor Hawberk. Pero no era tan fascinante, y el apagado resplandor de la luz de la luna sobre el agua no me provocaba la misma delicada sensación de placer que me causaba el resplandor del sol sobre el acero pulido de un peto sobre la rodilla de Hawberk. Distinguí a los murciélagos que volaban y giraban sobre las plantas acuáticas, pero su veloz y convulso vuelo me ponía los nervios de punta, por lo que me alejé y comencé a caminar de un lado a otro entre los árboles.

Los establos de la artillería se hallaban a oscuras, pero en el cuartel de caballería las ventanas de los oficiales estaban espléndidamente iluminadas y el portal estaba permanentemente lleno de soldados agotados llevando paja, arneses y cestos repletos de platos de hojalata.

En dos oportunidades cambió la guardia en los portales mientras yo caminaba de un lado al otro del paseo de asfalto. Observé mi reloj. Era casi la hora. Las luces del cuartel comenzaron a apagarse una tras otra, el portal enrejado se cerró y cada par de minutos salía un oficial por la puerta lateral. En el aire de la noche permanecía el sonido de los equipos y el tintineo de las espuelas. La plaza había quedado sumergida en absoluto silencio. El último vagabundo sin hogar había sido expulsado por el policía de chaqueta gris del parque. Los carruajes ya no circulaban por la calle Wooster y el único sonido que alteraba aquella quietud eran los cascos del caballo del guarda y el sonido de su sable que tropezaba contra el metal de la montura. En el cuartel, las habitaciones de los oficiales aún permanecían iluminadas y los sirvientes militares se veían pasar una y otra vez frente a las ventanas sobresalientes. En el nuevo chapitel de San Francisco Xavier sonaron las doce y, con la última afligida campanada, una persona salió por la portezuela lateral al lado de la compuerta, hizo un gesto al centinela y cruzando la calle entró en el parque y se dirigió hacia la casa de apartamentos Benedick.

—Louis —lo llamé.

El hombre dio la vuelta sobre sus botas con espuelas y vino directo hacia mí.

—¿Hildred, eres tú?

—Sí. Llegas puntualmente.

Tomé la mano que me ofrecía y avanzamos juntos en dirección a la Cámara Letal.

Él hablaba tonterías sobre su boda, las virtudes de Constance y de sus futuras aspiraciones, y llamaba mi atención sobre las charreteras que llevaba en sus hombros y el triple arabesco que llevaba en sus mangas y en su gorra de fajina. Supongo que oí tanto el tintineo de su sable y sus espuelas como su infantil parloteo, y por fin nos detuvimos bajo los olmos ubicados en la esquina de la calle Cuarta de la plaza frente a la Cámara Letal. Entonces sonrió y me preguntó qué quería de él. Le pedí que se sentara en un banco debajo del farol eléctrico y me senté a su lado. Me observó con curiosidad, con la misma mirada inquisitiva que tanto detesto y temo en los médicos. Sentí la ofensa de su mirada, pero él no lo sabía y escondí mis sentimientos.

—Entonces, viejo —expresó—, ¿en qué puedo ayudarte?

Extraje de mi bolsillo el manuscrito y las notas de la *Dinastía Imperial de América* y, mirándolo a los ojos, le dije:

—Voy a decírtelo. Prométeme, bajo tu palabra de soldado, que leerás este manuscrito desde el comienzo hasta el final sin preguntarme nada. Prométeme leer estos apuntes de igual manera, y prométeme que escucharás lo que voy a decirte después.

—Lo prometo si así lo deseas —dijo con amabilidad—. Entrégame los papeles, Hildred.

Comenzó a leer alzando las cejas con aire de perplejidad, lo que me hizo estremecerme de ira contenida. A medida que avanzaba en la lectura, su entrecejo se contrajo y sus labios parecieron pronunciar la palabra «tonterías».

Después se mostró levemente aburrido, pero por consideración a mi persona continuó leyendo con un forzado interés que al momento dejó de ser un esfuerzo. Se inquietó cuando en aquellas hojas, densamente llenas de escritura, leyó su nombre, y cuando leyó el mío bajó el papel y me observó fijamente por un instante, pero mantuvo su palabra y retomó la lectura. Yo dejé sin responder la pregunta que a medias intentó formular y que murió en sus labios. Cuando llegó al final y advirtió la firma del señor Wilde, dobló el papel con mucho cuidado y me lo devolvió. Le entregué las notas. Él se apoyó en el respaldar del banco empujando hacia atrás su gorra de fajina con el gesto infantil que yo tan bien recordaba de sus días escolares. Miré su rostro mientras leía, y cuando finalizó tomé las notas junto con el manuscrito y las volví a guardar en mi bolsillo. Entonces, desplegué un manuscrito marcado con el signo amarillo. Él observó el signo, pero no lo reconoció, por lo que le hice una observación sobre ello con cierta aspereza.

—Está bien —respondió—. Lo estoy viendo, ¿qué es?

—Es el signo amarillo —dije molesto.

—Ah, es eso… —expresó Louis con esa voz aduladora que el doctor Archer solía emplear para dirigirse a mí, y posiblemente aún seguiría haciéndolo si no hubiera arreglado cuentas con él.

Contuve la ira y le respondí con tanta firmeza como pude hacerlo:

—Ahora escúchame, has comprometido tu palabra.

—Te escucho, viejo —dijo con tono conciliador.

Comencé a hablar con extrema calma.

—El doctor Archer, que de algún modo sabía el secreto de la sucesión imperial, trató de despojarme de mi derecho alegando que mi caída del caballo, hace cuatro años, me había causado una deficiencia mental. Intentó internarme en su propia casa con la expectativa de volverme loco o envenenarme. No lo he olvidado. Por lo que anoche le hice una visita y el encuentro fue definitivo.

Louis empalideció, pero se mantuvo inmóvil. Retomé mi discurso triunfal.

—Aún quedan tres personas por entrevistar en interés del señor Wilde y del mío propio. Estas son: mi primo Louis, el señor Hawberk y su hija Constance.

Louis se levantó de un salto. Yo también me levanté y lancé el papel con el signo amarillo al suelo.

—Oh, no necesito eso para decirte lo que tengo que decir —grité con una sonrisa triunfal—. ¡Debes renunciar a la corona ante mí, escuchas, ante mí!

Louis me miró con aire perturbado, pero se recuperó y dijo con dulzura:

—Por supuesto que renuncio... ¿Qué es a lo que debo renunciar?

—A la corona —respondí con enfado.

—Claro que renuncio —respondió—. Te la cedo. Vamos, viejo, voy a acompañarte a tus habitaciones.

—No intentes trucos de médico conmigo —grité, temblando de furia—. No actúes como si creyeras que estoy loco.

—¡Pero qué disparate, Hildred! —dijo—. Vamos, se está haciendo muy tarde.

—No —grité—, debes escucharme. No puedes casarte, te lo prohíbo. ¿Lo escuchas? Te lo prohíbo. Renunciarás a la corona y como recompensa te concedo el exilio, pero si te niegas, vas a morir.

Él trató de tranquilizarme, pero yo estaba exasperado. Finalmente, saqué mi largo puñal, impidiéndole el paso.

En ese momento, le dije que hallaría al doctor Archer degollado en el sótano, y me reí en su cara al recordar a Vance, su cuchillo, y la orden firmada por mí.

—Tú eres el verdadero rey —grité—, pero voy a serlo yo. ¿Quién eres tú para despojarme del imperio de toda la tierra habitable? Nací primo de un rey, pero ¡yo voy a ser el rey!

Louis estaba pálido y rígido frente a mí. De repente, un hombre llegó corriendo por la calle Cuarta, cruzó por el pórtico de la Cámara Letal, atravesó el camino hasta las puertas de bronce a toda velocidad y entró en la cámara de la muerte con un grito demente. Comencé a reír hasta las lágrimas, porque logré reconocer a Vance y supe que Hawberk y su hija ya no serían obstáculos en mi camino.

—Puedes irte —le dije a Louis—, ya has dejado de ser una amenaza. Ya nunca podrás casarte con Constance, y si te casas con alguna otra en el exilio, iré a visitarte igual que hice con el doctor Archer anoche. El señor Wilde se encargará de ti mañana.

Entonces, di la vuelta y salí disparado como una flecha por la Quinta Avenida Sur y, con un grito de espanto, Louis dejó caer su cinturón y su sable, y ligero como el viento comenzó a seguirme. Lo escuché aproximándose a mí en la esquina de la calle Bleecker y crucé la puerta bajo el letrero de Hawberk.

—¡Alto o disparo! —gritó.

Pero cuando advirtió que yo subía corriendo las escaleras sin entrar en la tienda de Hawberk, no vino detrás de mí, y escuché que daba golpes y llamaba a su puerta, como si fuera posible avivar a los muertos.

La puerta del señor Wilde se encontraba abierta y yo entré por ella, gritando:

—¡Está hecho, está hecho! ¡Que se levanten las naciones y veneren a su rey!

Pero no logré encontrar al señor Wilde, de manera que me dirigí al gabinete y tomé la espléndida diadema de su cofre. Después vestí la bata de seda blanca en la que se hallaba bordado el signo amarillo y me ceñí la corona. Finalmente era rey, rey por mi derecho en Hastur, rey porque dominaba el misterio de las Híades y mi mente había explorado las profundidades del lago de Hali. ¡Yo era rey! Los primeros destellos grises del alba levantarían una tormenta que sacudiría a ambos hemisferios. Entonces, mientras me encontraba allí de pie con cada nervio en la cúspide de la tensión, debilitado por la satisfacción y la grandiosidad de mis pensamientos, afuera, en el sombrío corredor, escuché el gemido de un hombre.

Tomé la vela de sebo y de un salto avancé hacia la puerta. La gata pasó corriendo a mi lado igual que un demonio y la vela se apagó, pero mi largo puñal fue más veloz que ella: la escuché chillar y supe que la había alcanzado. Por un instante la oí caer y chocar en la oscuridad, y después, cuando su ímpetu cesó, encendí otra vela y la coloqué sobre mi cabeza. El señor Wilde estaba tirado en el suelo con la garganta desgarrada. En un comienzo lo creí muerto, pero puse atención y una chispa verde se asomó en sus ojos hundidos, su mano mutilada se movió y un estremecimiento le estiró la boca de oreja a oreja. Por un momento mi miedo y mi desesperación cedieron espacio a la esperanza, pero cuando me incliné sobre él, sus ojos giraron en sus cuencas y falleció. En ese momento, mientras permanecía paralizado de ira y desesperación al ver mi corona, mi imperio, mis esperanzas, mis ambiciones, mi vida misma rendidas allí con el amo muerto, ellos llegaron, me cogieron por la espalda y me ataron hasta que mis venas engordaron igual que cuerdas, y mi voz se resquebrajó con el arrebato de mis gritos enardecidos. Yo seguía debatiéndome, sangrante y rabioso entre ellos, y más de un funcionario de policía apreció el filo de mis dientes. Entonces, cuando ya no logré moverme, ellos se aproximaron. Miré al viejo Hawberk, detrás de él el pálido rostro de mi primo Louis y, un poco más allá, en el rincón, a una mujer que lloraba silenciosamente, era Constance.

—¡Ah, ahora lo veo! —aullé—. Te apoderaste del trono y del imperio. ¡Ay! ¡Ay de ti, que te has ceñido la corona del Rey de Amarillo!

[Nota del editor: El señor Castaigne falleció ayer en el asilo para locos criminales.]

El signo amarillo

Que el rojo amanecer
adivine lo que haremos
cuando esta luz azul de las estrellas
fallezca y todo haya terminado.

I

¡Hay muchísimas cosas tan difíciles de explicar! ¿Por qué algunas notas musicales me recuerdan los tonos dorados y herrumbrosos de las hojas de otoño? ¿Por qué la misa de Sainte Cécile consigue que mis pensamientos viajen en cavernas entre cuyas paredes brillan concentraciones desiguales de plata virgen? ¿Qué había en el tumulto y el remolino de Broadway a las seis de la tarde que hizo surgir frente a mis ojos la imagen de un calmado bosque bretón en el que los rayos del sol se filtraban a través del verdor de la primavera, y Sylvia se inclinaba, en parte con curiosidad y en parte con ternura, sobre una pequeña lagartija verde exclamando: ¡Pensar que esta es una creación de Dios!

La primera vez que observé al vigilante, estaba de espaldas a mí. Lo vi con cierta indiferencia hasta que entró en la iglesia. No le di más importancia que la que hubiera dado a cualquier otro que caminara por Washington Square aquella mañana, y en el momento que cerré la ventana y regresé a mi estudio, ya lo había olvidado. Avanzaba la tarde. Como estaba haciendo calor, abrí la ventana de nuevo y me asomé para aspirar un poco de aire. En el patio de la iglesia había un hombre y también lo vi con tan poco interés como en horas de la mañana. Miré la plaza en que retozaba el agua de la fuente y después, con la cabeza llena de borrosas impresiones de árboles, calles de asfalto y grupos de niñeras y desocupados paseantes, me dispuse a regresar a mi caballete. En ese momento mi distraída mirada se fijó en el hombre que estaba en el patio de la iglesia. Tenía el rostro vuelto hacia mí y, con un movimiento completamente involuntario, me incliné para verlo. En ese preciso instante levantó su cabeza y me miró. De inmediato pensé en un gusano de ataúd. No sé qué era lo que me repugnaba en aquel hombre, pero la impresión de un gordo y blanco gusano de tumba fue tan intensa y asquerosa que debo haberlo mostrado en mi expresión, porque giró su regordeta cara con un movimiento que me hizo recordar una larva trastornada en un nogal.

Regresé a mi caballete y le hice gestos a la modelo para que retomara su pose. Después de trabajar un largo rato, noté que estaba destrozando, tan rápidamente como era posible, lo que había hecho. Agarré una espátula y con ella quité el color. Los colores de la carne eran amarillentos y enfermizos. No podía entender cómo había dado unos colores tan indispuestos a un trabajo que antes había brillado con tonos saludables.

Observé a Tessie. No había cambiado y el fresco rubor de la salud coloreaba su cuello y sus mejillas. Arrugué el ceño.

—¿Hice algo malo? —preguntó ella.

—No… he dañado este brazo y no sé cómo pude haber contaminado de este modo la tela —le respondí.

—¿Estoy posando bien? —insistió.

—Claro que sí, perfectamente.

—¿Entonces no es mi culpa?

—No. Es mía.

—Lo lamento muchísimo —mencionó.

Le dije que podía reposar mientras yo empleaba trapo y aguarrás en el sitio afectado de la tela, ella comenzó a fumar un cigarrillo y a ver las ilustraciones del *Courier Français*.

No sé si el aguarrás tenía algo o era un defecto en la tela, pero mientras más frotaba, más parecía que se extendía la gangrena. Trabajé como un roedor para eliminar aquello, pero la enfermedad parecía extenderse de miembro en miembro de la figura que tenía frente a mí. Inquieto, luché por detener aquello, pero ahora el color del pecho cambió y la figura completa pareció contraer la infección igual que una esponja absorbe el agua. Apliqué enérgicamente espátula y aguarrás pensando en el encuentro que tendría con Duval, quien me había vendido la tela, pero rápidamente me di cuenta de que la culpa no era ni de la tela ni de los colores de Edward.

«Seguro es el aguarrás, pensé muy molesto, o tal vez la luz del atardecer ha nublado y confundido tanto mi vista, que es posible que no esté viendo bien.»

Llamé a Tessie, la modelo, que se acercó y se inclinó sobre mi silla lanzando al aire volutas de humo.

—¿Pero qué ha estado haciendo? —preguntó.

—Nada —refunfuñé—. Debe de ser el aguarrás.

—¡Qué color más horroroso tiene ahora! —continuó—. ¿Cree usted que mi piel parece un queso Roquefort?

—No, por supuesto que no —dije enfadado—. ¿Alguna vez me has visto pintar de esa manera?

—¡Ciertamente no!

—¿Entonces?

—Debe de ser el aguarrás, o algo —admitió.

Se puso una bata japonesa y se acercó a la ventana. Yo raspé y froté hasta el cansancio. Finalmente tomé los pinceles y los aplasté en la tela lanzando una fea expresión, cuyo tono solamente llegó a oídos de Tessie.

Sin embargo, no tardó en decir:

—¡Muy bonito! ¡Maldiga, compórtese como un niño y dañe sus pinceles! Lleva tres semanas trabajando en ese cuadro y ahora ¡mírelo! ¿De qué le sirve romper la tela? ¡Qué seres son los artistas!

Me sentí tan apenado como solía sentirme después de un arrebato semejante y volví contra la pared la tela dañada. Tessie me ayudó a lavar los pinceles y después se fue bailando a vestirse. Desde atrás del biombo me brindaba recomendaciones sobre la pérdida parcial o definitiva de la paciencia, hasta que, posiblemente, pensando que ya me había abrumado bastante, salió suplicándome que le abrochara el vestido en el lugar que ella no alcanzaba en su espalda.

—Todo comenzó a salir mal desde el instante en que

regresó de la ventana y me habló del horrible hombre que observó en el patio de la iglesia —expresó.

—Sí, es muy probable que haya embrujado el cuadro —dije con un bostezo.

Vi el reloj.

—Ya pasaron las seis, lo sé —dijo Tessie arreglando su sombrero frente al espejo.

—Así es. No tuve la intención de retenerte tanto tiempo —respondí.

Volví a asomarme por la ventana, pero retrocedí disgustado. El hombre de la cara pastosa aún se encontraba en el patio. Tessie vio mi gesto de censura y se asomó.

—¿Es ese el individuo que le disgusta? —preguntó con un susurro.

Afirmé con la cabeza.

—No logro ver su cara, pero parece gordo y blando. En cualquier caso —siguió y se volvió hacia mí— me hace recordar un sueño... un sueño horrible que tuve una vez. Pero —susurró mirando sus elegantes zapatos—, ¿sería un sueño, en verdad?

—¿Cómo podría saberlo yo? —respondí sonriendo.

Tessie sonrió también.

—Usted se hallaba en él —dijo—, de manera que posiblemente sepa algo.

—¡Tessie, Tessie! —protesté—. ¡No te atrevas a adularme diciendo que tienes sueños conmigo!

—Pues así fue —insistió—. ¿Desea que se lo cuente?

—Por supuesto —le respondí encendiendo un cigarrillo.

Tessie se apoyó en el antepecho de la ventana abierta y comenzó con mucha seriedad:

—Ocurrió una noche del invierno pasado. Yo me encontraba acostada en la cama sin pensar en nada especial. Ese día había posado para usted y me sentía agotada, sin embargo, no me era posible dormir. Escuché las campanas de la ciudad dar las diez, las once, la medianoche. Creo que debo haberme dormido aproximadamente cerca de las doce, porque no recuerdo haber oído más campanadas. Apenas había cerrado los ojos, cuando comencé a soñar que algo me empujaba a ir a la ventana. Me levanté, abrí la mirilla y me asomé. La Calle veinticinco se encontraba desierta hasta donde llegaba mi vista. Comencé a sentir miedo. Afuera todo parecía tan... ¡tan oscuro e inquietante! Entonces escuché un ruido lejano de ruedas muy distantes, y me pareció como si eso que se aproximaba era lo que debía esperar. Las ruedas se acercaban muy despacio y por fin pude observar un vehículo que avanzaba por la calle. Se aproximaba cada vez más, y cuando pasó debajo de mi ventana reconocí que era una carroza fúnebre. Entonces, cuando comencé a temblar de miedo, el cochero se volvió y me observó. Allí me desperté, y me encontraba de pie frente a la ventana abierta temblando de frío, pero la carroza acicalada de negro y el cochero habían desaparecido. Tuve ese mismo sueño el pasado mes de marzo y nuevamente desperté frente a la ventana abierta. Anoche, otra vez tuve el mismo sueño. Recordará cómo llovía, y cuando desperté al lado de la ventana abierta mi camisón estaba empapado.

—Pero ¿qué tengo que ver yo con ese sueño? —pregunté.

—Usted… usted se encontraba en el ataúd, pero no se hallaba muerto.

—¿En el ataúd?

—Sí.

—¿Y cómo lo sabes? ¿Podías verme?

—No, solo sabía que usted se encontraba adentro.

—¿Y habías comido queso picante o ensalada de langosta? —pregunté riéndome, pero la chica me detuvo con un gritó de espanto.

—¡Rayos! ¿Qué pasa? —pregunté cuando la vi retroceder de la ventana.

—El… el hombre de abajo… el del patio de la iglesia… él es el conductor de la carroza fúnebre.

—Tonterías —exclamé, pero los ojos de Tessie estaban dilatados por el miedo. Me acerqué a la ventana y observé. El hombre se había esfumado—. Vamos, Tessie —le di ánimos—, no seas tonta. Has posado durante mucho tiempo, es el agotamiento.

—¿Usted piensa que podría olvidar ese rostro? —murmuró—. En tres oportunidades vi pasar esa carroza fúnebre debajo de mi ventana, y las tres veces el cochero giró su cabeza y me observó. Oh, su rostro era tan blanco y… ¿blanco? Parecía un cadáver… como si hubiera fallecido mucho tiempo atrás.

Convencí a la joven de que se sentara y tomara un vaso de Marsala. Entonces me senté a su lado y traté de aconsejarla.

—Mira, Tessie —comencé—, vete al campo por un par de semanas y verás como no vuelves a soñar con carrozas fúnebres. Pasas todo el día trabajando y cuando llega la noche tienes los nervios irritados. No puedes continuar a este ritmo. Y claro, más tarde, en lugar de irte a la cama después de haber finalizado de posar, te vas de picnic al parque Sulzer o a El dorado o al Coney Island, y la mañana siguiente, cuando vienes aquí, te encuentras exhausta. No existe tal carroza fúnebre. No fue otra cosa que un simple sueño.

La muchacha sonrió sin ánimos.

—¿Y el hombre del patio de la iglesia?

—Oh, solo es un pobre enfermo como tantos otros.

—Tan innegable como que mi nombre es Tessie Rearden, señor Scott, le juro que el rostro del hombre de allá abajo es el rostro del hombre que conducía la carroza fúnebre.

—¿Y qué? —le respondí—. Es un trabajo honesto.

—Entonces, ¿cree que sí vi la carroza fúnebre?

—Bueno —dije con mucha diplomacia—, si en realidad la viste, no sería imposible que el hombre de abajo la condujera. Eso no tendría nada de raro.

Tessie se puso de pie, desenvolvió su perfumado pañuelo y tomando un trozo de goma de mascar que se hallaba anudado en un ángulo, se lo metió dentro de la boca. Inmediatamente, después de ponerse los guantes, me estiró su mano sosteniendo un franco.

—Hasta mañana, señor Scott.

Y se fue.

II

Al día siguiente, Thomas, el botones, llegó con el *Herald* y una noticia. La iglesia que se encontraba al lado había sido vendida. Di gracias al cielo por ello. No porque yo sintiera algún disgusto por la congregación vecina ya que soy católico, sino porque mis nervios estaban destrozados a causa de un clérigo vociferante, cuyas palabras retumbaban en la nave de la iglesia igual que si fueran pronunciadas en mi casa y qué pronunciaba sus erres con una persistencia nasal que me estremecía las entrañas. Además, había un demonio con figura humana, un organista que interpretaba los majestuosos himnos antiguos de un modo muy propio. Yo pedía por el alma de un individuo capaz de tocar la doxología con una alteración de tonos menores solo justificable en un cuarteto de principiantes. Creo que el clérigo era un buen hombre, pero cuando vociferaba: «Y el Señorrr le dijo a Moisés… el Señorrr es un hombre de guerrrra… el Señorrr es su nombre… Arrrderá mi irrra y yo te matarrré con mi espada», no dejaba de preguntarme cuántos siglos de purgatorio serían precisos para expiar tan horrible pecado.

—¿Quien compró la iglesia? —le pregunté a Thomas.

—No es alguien que yo conozca, señor. Dicen que el caballero que es dueño de los apartamentos Hamilton estuvo dando un vistazo. Tal vez esté por construir más estudios.

Me aproximé a la ventana. El hombre de la cara enfermiza se encontraba junto al portal del patio. Solo mirarlo me produjo el mismo disgusto abrumador.

—Por cierto, Thomas —dije—, ¿quién es ese personaje de ahí abajo?

Thomas resopló por la nariz.

—¿Ese gusano, señor? Es el guarda de la iglesia. Me indigna verlo toda la noche en la escalinata, observándolo a uno con aire insultante. Un día le di un puñetazo en la cabeza… con su perdón, señor.

—Adelante, Thomas.

—Una noche que regresaba a casa con Harry, el otro chico inglés, lo vi sentado allí en la escalinata. Molly y Jen, las dos chicas de servicio, se encontraban con nosotros, señor, y él nos observó de modo tan ofensivo, que fui y le dije:

—¿Qué estás viendo, babosa hinchada?

Con su perdón, señor, pero eso fue lo que le pregunté. Entonces, él no respondió y yo le dije:

—Ven y verás cómo te destripo esa cabeza de budín.

Entonces abrí la puerta y entré, pero él seguía sin decir nada y continuaba mirándome de ese modo ofensivo. Entonces le lancé un puñetazo, pero ¡aj! tenía el rostro tan frío y untuoso que daba asco tocarlo.

—¿Y él qué hizo entonces? —pregunté con curiosidad.

—¿Él? No hizo nada.

—¿Y tú, Thomas?

El joven se ruborizó aturdido y sonrió con incomodidad.

—Señor Scott, yo no soy un cobarde, pero no puedo explicarme por qué comencé a correr. Yo estuve en el Quinto de Lanceros, fui corneta en Tel-el-Kebir, y me han disparado con frecuencia.

—¿Quieres decir que saliste huyendo?

—Sí, señor, así fue.

—¿Y por qué?

—Eso es lo que me gustaría saber, señor. Tomé a Molly por el brazo y comencé a correr, y los demás se encontraban tan asustados como yo.

—Pero ¿de qué tenían miedo?

Thomas se negó a contestar de momento, pero el repugnante joven de abajo había despertado mi curiosidad de tal modo, que insistí. Tres años de permanencia en América, no solo habían alterado el dialecto *cockney* de Thomas, sino que le habían infundido el norteamericano temor a hacer el ridículo.

—Usted no va a creerme, señor Scott.

—Sí voy a creerte.

—Señor, ¿no va a burlarse de mí?

—¡Tonterías!

Dudó.

—Señor, tan cierto como que existe Dios… Cuando lo golpeé, él me cogió por las muñecas, y cuando retorcí uno de sus puños blandos y untuosos, uno de sus dedos se quedó en mi mano.

Toda la repugnancia y el espanto que había en el rostro de Thomas debieron haberse reflejado en el mío, porque señaló:

—Es horrible. Ahora cuando lo veo, me distancio. Me hace sentir enfermo.

Cuando Thomas se retiró, me acerqué a la ventana. El hombre se hallaba junto a las rejas de la iglesia con las manos en el portal, entonces retrocedí rápido hacia mi caballete, descompuesto y espantado. Le faltaba el dedo medio de la mano derecha.

Tessie llegó a las nueve y desapareció detrás del biombo con un feliz «Buenos días, señor Scott». Cuando reapareció y retomó su pose sobre la tarima, comencé, para su deleite, una tela nueva. Mientras iba trabajando en el dibujo, permaneció callada, pero en cuanto paró el rasgueo del carboncillo sobre la tela y tomé el fijador, comenzó a hablar.

—¡Anoche pasamos un momento muy agradable! Fuimos a Tony Pastor's.

—¿Quiénes?

—Oh, ya usted sabe, Maggie, la modelo del señor Whyte; Rosi McCormick, la llamamos Rosi porque tiene esos bellísimos cabellos rojos que tanto le gustan a los artistas, y Lizzie Burke.

Rocié la tela con el fijador y le dije:

—Continua, Tessie.

—Vimos a Kelly y a Baby Barnes, la bailarina, y... a todos los demás. También hice una conquista.

—¿Entonces me has traicionado?

Ella comenzó a reír y negó con la cabeza.

—Es el hermano de Lizzie, Eddie Burke. Un perfecto caballero.

Me sentí en la obligación de darle algunos consejos paternales sobre las conquistas, que ella aceptó con una radiante sonrisa.

—Oh, yo sé protegerme de una conquista desconocida —dijo observando su goma de mascar—, pero Ed es alguien diferente. Y Lizzie es mi mejor amiga.

Entonces relató que Ed había regresado de la fábrica de calcetines de Lowell, Massachusetts, y que se había encontrado con el hecho de que ella y Lizzie ya no eran unas niñas. También que era un joven perfecto, que no tenía el menor problema en gastar medio dólar para invitarlas a tomar helados y comer ostras con el propósito de festejar su comienzo como adjunto en el departamento de lanas de Macy's. Antes que ella terminara, yo ya había comenzado a pintar, y ella adoptó de nuevo su pose sonriendo y chismorreando igual que un gorrión. Hacia el mediodía ya tenía el cuadro bien limpio y Tessie se acercó para mirarlo.

—Eso está mucho mejor —expresó.

Yo también lo creía así y comí con la secreta satisfacción de que todo marchaba bien. Tessie colocó su comida en una mesa de dibujo frente a mí, bebimos vino de la misma botella y encendimos nuestros cigarrillos con la misma cerilla. Yo le tenía mucho cariño a Tessie. De una niña débil y torpe, la había visto transformarse en una mujer esbelta y preciosamente formada; durante los últimos tres años había posado para mí y de todas mis modelos ella era mi predilecta. Me habría apenado mucho, en realidad, que se vulgarizara o se convirtiera en una fulana, como se suele decir, pero nunca percibí el menor deterioro en su comportamiento, y en el fondo podía sentir que ella era una buena chica. Nunca discutíamos de asuntos morales, y tampoco tenía intención de hacerlo, en parte porque yo no le daba mucha importancia a la moral, pero también porque sabía que ella iba a hacer lo que quisiera muy a mi pesar. Sin embargo, esperaba de todo corazón que no se viera envuelta en aprietos, porque quería su bienestar y también por la muy egoísta razón de no perder a la mejor de mis modelos. Yo sabía que una conquista, como había dicho Tessie, no tenía ningún significado para chicas como ella, y que esas cosas en América no tienen ningún parecido con las mismas cosas en París. No obstante, yo permanecía con los ojos bien abiertos y sabía que, algún día, alguien conquistaría a Tessie de un modo u otro;

y aunque por mi parte pensaba que el matrimonio era un desatino, francamente esperaba que, en este caso, hubiera un sacerdote al final de la aventura. Soy católico. Cuando escucho misa solemne y cuando me persigno, siento que todo, incluyéndome a mí mismo, se torna más animado; y cuando me confieso, me siento mejor. Un hombre que se encuentra tan solo como yo, debe confesarse con alguien. Claro que Sylvia era católica, y esa era una razón suficiente para mí. Pero estaba hablando de Tessie, lo cual es muy diferente. Tessie también es católica y mucho más piadosa que yo, de manera que, considerando todo esto, no había que preocuparse mucho por mi bonita modelo mientras ella no se enamorase. No obstante, sabía que solo el destino decidiría su futuro, y rogaba internamente para que ese destino la mantuviera apartada de hombres como yo y que plantara en su camino jóvenes como Eddie Burke y Jimmy McCormick. ¡Dios bendiga su hermoso rostro!

Tessie se hallaba sentada lanzando anillos de humo que subían hacia el cielo raso y haciendo tintinear un hielo en su vaso.

—Tessie, ¿sabes que yo también tuve un sueño anoche?

—No habrá sido con ese individuo —dijo sonriendo.

—Justamente. Fue un sueño similar al tuyo, pero mucho peor.

Fue tonto y poco reflexivo de mi parte comentarlo, pero ya se sabe la poca delicadeza que, generalmente, tienen los pintores.

—Debo haberme quedado dormido más o menos cerca de las diez —continué—, y al cabo de un rato comencé a soñar que me despertaba. Escuché tan claramente las campanas de medianoche, el viento en las ramas de los árboles y el silbido de los vapores de la bahía, que incluso ahora apenas puedo creer que no estaba despierto. Me parecía estar yaciendo en una caja con cubierta de cristal. Podía ver débilmente las luces de la calle por donde pasaba, pues tengo que decirte, Tessie, que la caja en la que me hallaba tendido parecía estar en un carruaje acojinado en el que iba dando saltos por una calle empedrada. Al cabo de un momento me impacienté y traté de moverme, pero la caja era demasiado angosta. Tenía mis manos cruzadas en el pecho, de manera que no era posible que las levantara para aliviarme. Puse atención y entonces intenté llamar, pero había perdido la voz. Podía escuchar los cascos de los caballos atados al coche e incluso la respiración del hombre que conducía. Entonces otro sonido llegó a mis oídos, como el abrir de una ventana. Me las arreglé para ladear un poco la cabeza y descubrí que podía mirar, no solo a través del cristal que cubría la caja, sino también a través de los compartimientos de cristal a los lados del carruaje. Observé casas. Eran casas vacías y silenciosas, sin vida ni luz en ninguna de ellas salvo en una. En esa casa se encontraba una ventana abierta en el primer piso, y una figura vestida de blanco veía hacia la calle. Esa figura eras tú.

Tessie había alejado su cara de mí y se apoyaba en la mesa sobre su codo.

—Pude ver tu cara —continué—, que me pareció muy afligida. Entonces, seguimos viaje y cruzamos por una estrecha y negra callejuela. De repente los caballos se detuvieron. Comencé a esperar, y esperé cerrando los ojos con temor e inquietud, pero todo se hallaba tan silencioso como una tumba. Después de lo que me parecieron horas, comencé a sentirme incómodo. La sensación de que algo se aproximaba hizo que abriera los ojos. Entonces pude ver la cara del cochero de la carroza fúnebre que me observaba a través de la cubierta del ataúd…

Un gemido de Tessie me interrumpió. Estaba temblando igual que una hoja. Advertí que me había comportado como un burro y traté de reparar el daño.

—¡Caramba, Tess! —exclamé—. Te lo conté solo para que vieras cómo fue la influencia de tu historia en los sueños de los demás. No pensarás que estoy realmente dentro de un ataúd, ¿verdad? ¿Por qué tiemblas? ¿No te das cuenta de que tu sueño y la absurda repugnancia que me genera ese inofensivo guarda de la iglesia simplemente pusieron a funcionar mi cerebro apenas me quedé dormido?

Apoyó la cabeza entre sus brazos y lloró como si se le fuera a romper el corazón. ¡Me había comportado como un tonto! Pero estaba a punto de superar mi propio récord. Me acerqué a ella y la abracé.

—Tessie, querida, discúlpame —insistí—; no tenía por qué haberte impresionado con semejantes necedades. Eres una joven demasiado sensata, demasiado buena católica para creer en sueños.

Su mano apretó la mía y su cabeza se apoyó sobre mi hombro, pero seguía temblando. Yo la acariciaba y trataba de consolarla.

—Vamos, Tess, abre los ojos y sonríe.

Sus ojos se abrieron con un lento y lánguido gesto y

se encontraron con los míos, pero su expresión era tan rara que me apuré a tranquilizarla de nuevo.

—Tessie, todo son patrañas. No pensarás que algo de esto te traerá algún mal.

—No —dijo, pero sus labios escarlatas temblaron.

—Entonces, ¿cuál es el problema? ¿Tienes miedo?

—Sí, pero no es por mí.

—¿Por mí, entonces? —pregunté, animado.

—Sí, por ti —murmuró con una vocecita casi inaudible—. Yo... yo estoy preocupada por ti.

Al principio comencé a reír, pero cuando logré entender lo que quería decir, un temblor me cruzó el cuerpo y me quedé sentado como si fuera de piedra. Esta era la cúspide de las tonterías que había cometido en mi vida. En el instante que transcurrió entre su revelación y mi respuesta, pensé en mil réplicas a esa inocente confidencia. Podía rechazarla con una sonrisa, podía hacerme el distraído y decirle que me hallaba muy bien de salud, podía decirle con sencillez que no era posible que ella me amase. Pero mi reacción fue más rápida que mis pensamientos, y cuando quise tomar conciencia ya era demasiado tarde porque la estaba besando en la boca.

Esa misma tarde fui a dar mi acostumbrado paseo por el parque Washington reflexionando acerca de los acontecimientos del día. Me había comprometido totalmente. No podía arrepentirme ahora y miraba de frente mi futuro. Yo no era bueno, ni siquiera escrupuloso, pero no pensaba engañarme a mí mismo ni a Tessie. La única pasión de mi vida se hallaba enterrada en los soleados bosques de Bretaña. ¿Estaba enterrada para siempre? La esperanza gritaba: ¡No! Hacía tres años que estaba esperando el sonido de unos pasos cruzando la puerta. ¿Había olvidado a Sylvia? ¡No! gritó la esperanza.

Dije que yo no era bueno. Eso es cierto, pero tampoco era precisamente el malvado de la ópera cómica. Había tenido una vida fácil y atolondrada aceptando de buen grado el placer que se me ofrecía, lamentando y deplorando, a veces con amargura, las consecuencias de ello. Salvo mi pintura, solo tomaba en serio una sola cosa, y eso yacía oculto, si no perdido, en los bosques de Bretaña.

Ahora, era demasiado tarde para lamentar lo ocurrido durante el día. Tanto si fue caridad, como si fue la imprevista ternura que causa el dolor, o el más odioso instinto de la vanidad satisfecha, daba lo mismo ahora y, a no ser que quisiera lastimar a un corazón inocente, el camino estaba trazado ante mí. El fuego, el ímpetu y la profundidad de la pasión de un amor que ni siquiera había imaginado, a pesar de toda la experiencia que yo sospechaba tener en el mundo, no me daban otra alternativa que corresponderlo o apartarlo de mi lado. No sé si es que soy muy cobarde a la hora de causar dolor a los demás o si es que hay algo en mí de puritano sombrío, pero la verdad es que rechazaba negar la responsabilidad de aquel irreflexivo beso, y en efecto, no tuve tiempo de hacerlo antes que se abrieran las puertas de su corazón y el torrente se derramara. Otros, que por lo general cumplen con su deber y hallan una oscura satisfacción en hacer unos infelices de sí mismos y de los demás, posiblemente habrían resistido. Pero yo no lo hice. No me atreví. Después de calmada la tormenta, le dije que habría sido mejor que amara a Eddie Burke y llevara un sencillo anillo de oro, pero ni siquiera quiso escucharme, y pensé que ya que había decidido amar a alguien con quien no podía casarse, era mejor que fuera yo. Al menos, yo podría tratarla con inteligente devoción, y cuando se cansara de su enamoramiento no saldría mal parada, porque yo estaba decidido con relación a eso, aunque sabía lo difícil que iba a ser. Recordaba el reiterado final de las relaciones platónicas y cuánto me incomodaba escuchar de ellas. Sabía que comenzaba una gran empresa para una persona tan falta de escrúpulos como yo, y sentía temor por el futuro, pero ni por un momento puse en duda que ella estaría segura a mi lado. Si se hubiera tratado de otra persona, no me habría dejado inquietar por consideraciones. Pero ni se me ocurría la posibilidad de inmolar a Tessie como lo habría hecho con una mujer cualquiera. Contemplaba el porvenir de frente a la cara y veía los diferentes posibles finales de aquel asunto. Ella terminaría cansándose de tal situación, o llegaría a ser tan infeliz que tendría que casarme con ella o dejarla. Si nos casábamos, seriamos infelices. Yo con una esposa poco adecuada para mí y ella con un marido poco adecuado para cualquier mujer, ya que mi vida pasada apenas me calificaba para el matrimonio. Si la dejaba, posiblemente caería enferma, pero se recuperaría y terminaría casándose con algún Eddie Burke, pero también podría cometer una tontería, precipitada o deliberadamente. Por otro lado, si se cansaba de mí, entonces su vida se presentaría frente a ella con fabulosas visiones de Eddies Burke, anillos matrimoniales, gemelos, pisos en Harlem y Dios sabe que más. Mientras caminaba entre los árboles cercanos al Arco de Washington decidí que, de cualquier manera, ella encontraría a un firme amigo en mí y que el futuro debía cuidar de sí mismo. Después, entré en la casa y me puse el traje porque la nota sutilmente perfumada que se encontraba encima de mi tocador decía: «Tenga un vehículo listo en la entrada del escenario a las once», y estaba firmada «Edith Carmichel, Teatro Metropolitan».

Esa noche cené o, mejor dicho, la señorita Carmichel y yo cenamos en el *Solari;* y el alba comenzaba a dorar la cruz de la iglesia Memorial cuando cruzaba el Washington Square, después de haber dejado a Edith en Brunswick. No se encontraba un alma en el parque cuando caminé entre los árboles y tomé el camino que va de la efigie de Garibaldi al edificio de apartamentos Hamilton, pero al pasar frente al patio de la iglesia vi una silueta sentada en la escalinata de piedra. A pesar mío, me turbé al mirar aquella abultada cara blancuzca y apuré el paso. Entonces, musitó algo que podría haberse dirigido a mí o que podría haber sido simplemente un murmullo para sí mismo, pero una furiosa y repentina rabia surgió en mi interior por el hecho de que una criatura así me hablara. Por un instante sentí deseos de girar sobre mis talones y romperle el bastón en la cabeza, pero seguí adelante, entré en el Hamilton y me dirigí a mi apartamento. Durante algún tiempo me revolví en la cama, tratando de librarme de su voz, pero no lo logré. Aquel murmullo me llenaba la cabeza igual que el humo denso y aceitoso de un recipiente donde se recuece grasa o la perjudicial fetidez de la putrefacción. Y mientras me revolvía en mi cama, la voz en mis oídos aparecía más nítida y distante, y comencé a comprender las palabras que había murmurado. Llegaron a mí lentamente, como si las hubiera olvidado y por fin logré comprender su sentido. Había dicho:

—¿Has encontrado el Signo Amarillo?

—¿Has encontrado el Signo Amarillo?

—¿Has encontrado el Signo Amarillo?

Yo estaba furibundo. ¿Qué había querido decirme con eso? Entonces, lanzándole una maldición, cambié de postura y me dormí, pero más tarde, cuando me desperté me hallaba pálido y ojeroso, ya que había soñado de nuevo lo mismo de la noche anterior y me inquietaba más de lo que quería reconocer.

Me vestí y bajé a mi estudio. Tessie se encontraba sentada al lado de la ventana. Cuando entré se levantó y me rodeó el cuello con sus brazos para darme un inocente beso. Tenía una apariencia tan dulce y cariñosa que la volví a besar y entonces me dirigí a sentarme frente al caballete.

—¡Rayos! ¿Dónde está la pintura que comencé ayer?

Tessie estaba algo confusa, pero no contestó. Comencé a buscar entre los montones de telas mientras le decía:

—Apúrate, Tess, y prepárate, tenemos que aprovechar la luz de la mañana.

Cuando finalmente abandoné la búsqueda entre las telas y giré para buscar en el cuarto, advertí que Tessie estaba de pie al lado del biombo con las ropas aún puestas.

—¿Qué ocurre? —pregunté—. ¿No te sientes bien?

—Sí, estoy bien.

—Date prisa, entonces.

—¿Quieres que pose como... como he posado siempre?

Entonces entendí. Se estaba presentando un nuevo inconveniente. Había perdido, claro está, a la mejor modelo de desnudo que había conocido jamás. Vi a Tessie. Tenía el rostro encarnado. ¡Ay! ¡Ay! Comimos el fruto del árbol del saber y el Edén, y la ingenuidad original ahora eran sueños del pasado... es decir, para ella.

Me imagino que reconoció la desilusión en mi cara, porque dijo:

—Posaré, si así lo deseas. La pintura está detrás del biombo. Fui yo quien la colocó allí.

—No... —le dije—, vamos a comenzar con algo nuevo.

Y fui hasta mi armario y elegí un viejo vestido morisco resplandeciente de lentejuelas. Era un traje genuino y Tessie se retiró detrás del biombo entusiasmada con él. Cuando salió de nuevo, me quedé estupefacto. Su larga cabellera negra estaba sujeta en su frente por una diadema de turquesas y los extremos rizados alcanzaban la radiante faja. Tenía los pies cubiertos por unas babuchas puntiagudas con ornamentos bordados, y la falda del vestido, curiosamente bordada con arabescos de plata, le llegaba hasta los tobillos. El intenso azul metálico del chaleco bordado en plata y la chaquetilla morisca en la que se encontraban cosidas luminosas turquesas, le sentaban magníficamente. Caminó hacia mí y alcé la cabeza sonriente. Metí la mano en mi bolsillo, extraje una cadena de oro con una cruz y se la coloqué por encima de su cabeza.

—Tessie, es tuya.

—¿Mía? —balbució.

—Sí, tuya. Ahora ve y posa.

Entonces, con una sonrisa resplandeciente, fue detrás del biombo y reapareció de inmediato con una cajita en la que se encontraba escrito mi nombre.

—Tenía la idea de dártela esta noche antes de regresar a casa —dijo—, pero ahora no puedo esperar.

Abrí la pequeña caja. Reposando sobre un rosado algodón, se encontraba un broche de ónix negro en el que se hallaba incrustado un curioso símbolo o letra de oro. No era arábigo ni asiático, y como pude verificar más tarde no pertenecía a ninguna de las escrituras humanas.

—Es lo único que tengo para darte como recuerdo.

Me sentí incómodo, pero le dije que lo mantendría en muy alta estima y le prometí usarlo siempre. Ella lo prendió sobre mi chaqueta, más abajo de la solapa.

—¡Qué tonta, Tess, comprar algo tan hermoso! —comenté.

—No lo he comprado —dijo con una sonrisa.

—¿Y de dónde lo has sacado?

Entonces me narró que lo había hallado un día cuando regresaba del acuario de Battery y que había hecho publicar un aviso en los periódicos hasta que perdió las esperanzas de hallar al propietario del broche.

—Fue durante el invierno pasado —agregó—, el mismo día en que tuve ese espantoso sueño de la carroza fúnebre por primera vez.

Pensé en el sueño que había tenido la noche pasada, pero no lo mencioné, y casi en seguida el carboncillo empezó a danzar sobre la tela nueva y Tessie se mantuvo inmóvil sobre la tarima.

III

El día siguiente fue un desastre para mí. Mientras llevaba una tela enmarcada de un caballete al otro, mis pies patinaron en el suelo encerado y caí torpemente sobre ambas muñecas. La luxación sufrida fue tan severa que resultó inútil tratar de sostener el pincel, me vi obligado a vagar por el estudio, mirando dibujos y esbozos sin terminar, hasta que la desesperación me atrapó y me senté a fumar y a girar los pulgares con rabia. La lluvia golpeaba las ventanas y tamborileaba sobre el tejado de la iglesia provocándome un ataque de nervios con su interminable repiqueteo. Tessie permanecía sentada cosiendo junto a la ventana y, eventualmente, levantaba su cabeza y me veía con una compasión tan inocente, que comencé a sentir vergüenza de mi irritación, por lo que observé a mi alrededor buscando algo en qué ocuparme. Ya había leído todos los periódicos y todos los libros de la biblioteca, pero, por tener algo que hacer fui hasta ella y la abrí con el codo. Conocía cada libro por su color y los examiné uno a uno, pasando lentamente frente a la estantería y silbando para darme ánimos. Estaba por regresar al comedor, cuando me sorprendió un libro, encuadernado en piel de serpiente, en un rincón del estante más alto del último mueble. No lograba recordarlo y desde el suelo no lograba captar las pálidas letras del lomo, de manera que fui a la sala de fumar y llamé a Tessie. Ella vino del estudio y trepó para alcanzar el libro.

—¿Qué libro es? —le pregunté.

—*El Rey de Amarillo*.

Permanecí estupefacto. ¿Quién lo había colocado allí? ¿Como había ido a parar a mi casa? Hacía mucho tiempo que yo había decidido no abrir nunca ese libro, y no había nada en la tierra que pudiera persuadirme de hacerlo. Desconfiando de que la curiosidad me llevara a abrirlo, ni siquiera lo había visto nunca en las librerías. Si en algún momento tuve la curiosidad de leerlo, la horrenda tragedia del señor Castaigne, a quien yo había conocido, me apartó de la idea de enfrentarme con sus perversas páginas. Siempre me resistí a escuchar su descripción y, en realidad, nadie se atrevió nunca a comentar la segunda parte en voz alta, de manera que no tenía ningún conocimiento de lo que podrían dejar ver esas páginas. Me quedé mirando fijamente la ponzoñosa encuadernación igual como habría visto a una serpiente.

—Ni siquiera lo toques, Tessie —pronuncié—. Baja de ahí.

Por supuesto, mi advertencia fue suficiente para despertar su curiosidad y antes de que pudiera frenarla cogió el libro y, con una carcajada, se fue al estudio bailando con él. La llamé, pero ella se retiró lanzando una torturadora sonrisa a mis incapacitadas manos y yo fui tras ella con cierta impaciencia.

—¡Tessie! —grité al entrar en el estudio—, escucha, estoy hablando en serio. Deja ese libro. ¡No quiero que lo abras!

El estudio estaba vacío. Me dirigí a las dos salas, después a los dormitorios, a la lavandería, a la cocina y, por último, regresé a la biblioteca, donde hice una búsqueda sistemática. Se había agazapado, pálida, y callada, junto a la ventana enrejada del cuarto de trastos de arriba. A primera vista reconocí que su necedad había sido escarmentada. *El Rey de Amarillo* se hallaba a sus pies, abierto en la segunda parte. Observé a Tessie y advertí que era demasiado tarde. Había abierto *El Rey de Amarillo*. Entonces la tomé de la mano y la llevé al estudio. Parecía trastornada, y cuando le pedí que se acostara en el sofá me obedeció sin decir palabra. Después de un rato sus ojos se cerraron y su respiración se tornó más regular y profunda, pero me fue imposible saber si dormía o no. Durante un buen rato permanecí sentado en silencio a su lado, pero no se movió ni pronunció palabra. Finalmente, me levanté, me dirigí al poco frecuentado cuarto de trastos y cogí el libro con la mano menos lastimada. Parecía tan pesado como el plomo, pero lo llevé de nuevo al estudio y, sentándome en la alfombra, al lado del sofá, lo abrí y lo leí de principio a fin.

Cuando, extenuado por el exceso de emociones, dejé caer el libro y me apoyé debilitado contra el sofá, Tessie abrió los ojos y me miró…

Habíamos estado conversando durante un rato, con oscura y monótona tensión, cuando me di cuenta que estábamos hablando de *El Rey de Amarillo*. ¡Oh, es un pecado, haber escrito tales palabras… palabras tan claras como el cristal, diáfanas y musicales como un burbujeante manantial, palabras que brillan y resplandecen igual que los diamantes envenenados de los Médicis! ¡Oh, la maldad, la condenación irremediable de un alma capaz de hechizar y paralizar a seres humanos con semejantes palabras! Palabras que el ignorante y el sabio entienden por igual, palabras que son más preciosas que joyas, más conciliadoras que la música, más terribles que la muerte.

Continuamos hablando sin poner atención a las sombras que se compactaban, y ella me estaba implorando que me quitara el broche de ónix negro en el que curiosamente se hallaba incrustado lo que, ahora ya sabíamos, era el signo amarillo. Nunca llegaré a entender por qué no quise hacerlo, aunque en esta hora, aquí en mi habitación, mientras estoy escribiendo esta confesión, me agradaría saber qué fue lo que me detuvo de arrancar el signo amarillo de mi pecho y lanzarlo al fuego. Estoy convencido de que quería hacerlo, aunque Tessie me lo pidió en vano. Cayó la noche y pasaron las horas, y seguíamos hablando del Rey y de la máscara pálida. Y la medianoche repicó en las brumosas torres de la ciudad cubierta por la niebla. Hablamos de Hastur y Cassilda mientras afuera la niebla acariciaba los ciegos paneles de las ventanas igual que el oleaje de las nubes avanzaba y rompía al llegar a las costas de Hali.

La casa ahora se encontraba en silencio y ni el más mínimo sonido de las brumosas calles rompía la quietud. Tessie permanecía acostada entre los cojines, su cara era una sombra gris en la penumbra, pero mantenía sus manos tomadas de las mías, y yo sabía que ella conocía y leía mis pensamientos igual que yo los suyos, porque habíamos interpretado el misterio de las Híades y frente a nosotros se levantaba el espectro de la verdad. Entonces, mientras dábamos respuesta el uno a la otra, rápidamente, callados, pensamiento tras pensamiento, las sombras se fueron agitando en la penumbra que nos rodeaba, y a lo lejos, en las apartadas calles, escuchamos un sonido. Cada vez más cercano, se podía oír el tenebroso crujido de unas ruedas que se aproximaban cada vez más, y que cesó afuera frente a la puerta. Fui a rastras hasta la ventana y observé una carroza fúnebre empenachada de negro. El portal de abajo se abrió y se volvió a cerrar. Temblando, fui a rastras hasta la puerta y pasé la llave, pero no existía candado ni cerradura que pudiera detener el paso del ser que venía en busca del signo amarillo. Y ahora, lo escuchaba avanzar muy despacio por el vestíbulo. Y ahora, se hallaba en la puerta y los candados se desmenuzaron a su tacto. Y ahora, había entrado. Traté de ver en la oscuridad con ojos que se me salían de sus órbitas, pero cuando penetró en el cuarto, no pude verlo. Solamente cuando sentí que me envolvía con su frío y suave abrazo, grité y luché con mortal fiereza, pero tenía mis manos inutilizadas y me arrancó el broche de ónix de la chaqueta, dándome un golpe en pleno rostro. Entonces cuando caí, escuché el tenue grito de Tessie y su espíritu salió volando al encuentro de Dios. Mientras caía quise poder seguirla, porque sabía que el Rey de Amarillo había desplegado su andrajosa capa, y ahora, lo único posible era rogar ante Cristo.

Podría contar más cosas, pero no veo cómo esto ayudaría al mundo. En cuanto a mí, estoy más allá de cualquier ayuda o cualquier esperanza humana. Mientras estoy aquí tumbado escribiendo, sin importarme si moriré, o no, antes de terminar, puedo ver al doctor recogiendo sus polvos y ampollas con un vago gesto dirigido al buen sacerdote que se encuentra a mi lado y entonces puedo entender.

Tendrán curiosidad por saber los detalles de la tragedia... esos que colman el mundo exterior, que escriben libros e imprimen millones de periódicos, pero yo no escribiré nada más, y el padre confesor sellará mis últimas palabras con el sello de la santidad cuando su santo oficio haya terminado. Aquellos del mundo exterior pueden enviar a sus criaturas a hogares destrozados o casas azotadas por la muerte, y sus periódicos se cebarán con la sangre y las lágrimas, pero conmigo sus espías tendrán que detenerse frente al confesionario. Saben que Tessie ha muerto y que yo estoy agonizando. Saben que la gente de la casa, despertada por un grito infernal, corrió hacia mi cuarto y encontró a un vivo y a dos muertos, pero no saben lo que les voy a mencionar ahora. No saben que el médico, mientras señalaba un horrible bulto descompuesto que se encontraba en el suelo... el demacrado cadáver del guarda de la iglesia, señaló:

—No tengo ninguna teoría, ninguna, explicación. ¡Este individuo debe haber fallecido hace meses!

Siento que estoy muriendo. Quisiera que el sacerdote...

La *demoiselle* d'Ys

Hay tres cosas que son demasiado hermosas para mí,
sí, y cuatro que no conozco:
el camino de un águila en el aire,
el camino de una serpiente sobre la roca,
el camino de un barco en medio del mar
y el camino de un hombre junto a una doncella.

I

La absoluta desolación de aquella escena comenzó a tener su efecto. Me senté para dar cara a la situación y, si era posible, recordar algún hito que lograra ayudarme a dejar mi actual posición. Si solo pudiera hallar el océano de nuevo, todo se definiría, porque sabía que era posible observar la isla de Groix desde los acantilados.

Coloqué la escopeta en el suelo y arrodillado detrás de una roca encendí una pipa. Después consulté el reloj. Eran casi las cuatro. Posiblemente me había alejado lo suficiente de Kerselec desde el amanecer.

El día de ayer, cuando me encontré con Goulven en los acantilados bajo Kerselec, al ver hacia los sombríos páramos entre los que ahora había perdido el camino, estas colinas me habían parecido casi tan llanas como una pradera extendiéndose hasta el horizonte, y aunque sabía lo engañosa que podía ser la distancia, no advertí que lo que parecían francas hondonadas herbosas desde

Kerselec, eran inmensos valles cubiertos de espinos y arbustos, y lo que parecían pequeñas piedras dispersas en realidad eran enormes farallones de granito.

—Es un mal lugar para un extranjero —había mencionado el viejo Goulven—; es conveniente que lleve a un guía.

Y yo le había respondido:

—No voy a perderme.

Pero ahora, mientras me encontraba allí sentado fumando con el viento del mar rozando mi cara, sabía que sí me había perdido. A cada lado se abría el páramo cubierto de espinos con flores, arbustos y rocas de granito. No había ni un solo árbol a la vista y menos aún una casa. Al cabo de un instante levanté la escopeta y, dando la espalda al sol, comencé a andar de nuevo.

Servía muy poco seguir alguno de los estruendosos riachuelos que, eventualmente, se me cruzaban en el camino, ya que en lugar de desembocar en el mar, corrían tierra adentro hacia unos lagos cubiertos de juncos en las hondonadas de los páramos. Había seguido varios, pero todos me llevaron hacia pantanos o pequeños laguillos desde donde las aves alzaban el vuelo piando y se ahuyentaban en un éxtasis de pánico. Comenzaba a sentirme agotado y la escopeta me maltrataba el hombro a pesar de tener doble forro. El sol caía cada vez más, resplandeciendo a nivel de los matorrales amarillos y los laguillos del páramo.

Mientras caminaba, mi propia sombra gigantesca me iba orientando pareciendo crecer a cada paso. Los espinos raspaban mis polainas, crujían bajo mis pisadas, regaban la oscura tierra con sus capullos, y los helechos se inclinaban y temblaban a mi paso. Desde los pequeños montes o los brezales saltaban conejos entre los helechos, y entre las hierbas de las ciénagas se escuchaba el somnoliento graznido de los patos salvajes. Hubo un instante en que un zorro se me cruzó sigiloso en el camino y, de nuevo, al inclinarme para beber agua de un arroyuelo, una garza movió sus alas pesadamente desde los juncos junto a mí. Me volví, para ver el sol. Parecía acariciar los bordes de la llanura. Cuando finalmente decidí que era inútil continuar avanzando, y que al menos pasaría una noche allí el páramo, me acosté en la tierra completamente agotado. El sol de la tarde llegaba inclinado y cálido a mi cuerpo, pero empezaba a soplar el viento desde el mar y experimenté cómo el frío me mordía a través de mis mojadas botas de caza. Muy altas en el cielo, las gaviotas hacían círculos y ondulaban igual que trocitos de papel blanco. Desde algún pozo lejano llegó el canto de un sapito solitario. Lentamente el sol se hundió detrás del llano y la luz crepuscular tiñó de rubor el cenit. Observé el cielo cambiar del más pálido de los oros al rosa, y en seguida, al rojo abrasador. Nubes de jejenes volaban a mi alrededor y bastante alto, en la calma brisa, un murciélago se lanzó y levantó vuelo. Comenzaron a cerrárseme los ojos. Entonces, cuando intentaba despabilarme, un repentino crujido entre los helechos me inquietó. Abrí los ojos. Un inmenso pájaro batía sus alas en el aire sobre mi cara. Por un minuto me quedé mirándolo fijamente incapaz de moverme, entonces, algo saltó a mi lado, se metió entre los matorrales y el pájaro ascendió, dio un giro y voló en dirección a los helechos.

En un instante me levanté y comencé a mirar entre los espinos. Desde un grupo de arbustos en las cercanías pude escuchar el ruido de una refriega. Avancé apuntando con la escopeta, pero cuando llegué al lugar bajé el arma y permanecí inmóvil en callado asombro. En la tierra yacía una liebre muerta, y sobre la liebre se alzaba un magnífico halcón con un espolón clavado en el cuello de la criatura y el otro firmemente plantado en su costado inerte. Pero lo que me causó más asombro, no fue la simple visión del halcón posado sobre su presa. Había observado esa escena más de una vez. Fue que el halcón llevaba una especie de lazo en ambos espolones y que de ellos pendía un trocito de metal esférico como un cascabel. El ave clavó su pico curvo en su presa. En ese mismo momento, rápidos pasos sonaron entre los matorrales y apareció una joven en aquel lugar. Sin lanzarme siquiera una mirada, caminó hacia el halcón y acariciándolo con la mano enguantada recubrió la cabeza del ave con una pequeña capucha, después, sosteniéndola sobre el guante, se inclinó para recoger la liebre.

Pasó una cuerda alrededor de las patas del animal y ajustó su extremo a la correa de su cinturón. Entonces, se dispuso a desandar su camino por aquel refugio. Al pasar a mi lado, me quité la gorra y ella dio cuenta de mi presencia con una inclinación apenas visible. Tan grande había sido mi asombro, tan profundamente inmerso en admiración frente a la escena que tenía ante los ojos, que no se me ocurrió pensar que allí estaba mi salvación. Y mientras se alejaba, tuve conciencia de que si no quería dormir en el frío páramo esa noche, debía recuperar el habla de inmediato. Cuando mencioné mis primeras palabras, ella dudó y, cuando me paré delante de ella, me pareció que sus bellos ojos revelaban temor. Pero cuando, modestamente, le expliqué el terrible apuro en el que me hallaba, su rostro se ruborizó y me miró llena de asombro.

—¡No habrá venido usted de Kerselec! —expresó.

Su amable voz no tenía el menor vestigio de acento bretón, ni de ningún otro que yo conociera, no obstante, había algo en ella que me parecía haber escuchado antes, algo raro e indefinible, igual que el tema de una canción antigua.

Le mencioné que era norteamericano, que no estaba familiarizado con Finistère y que me hallaba cazando allí para satisfacer mi pasatiempo.

—Entonces es norteamericano —repitió ella con el mismo raro tono musical—. Jamás había conocido a un norteamericano. —Durante un largo rato permaneció en silencio y, después, observándome con cierta preocupación, agregó—: Aunque avanzar durante toda la noche no lograría llegar hoy a Kerselec, ni siquiera acompañado de un guía.

Esta sí que era una gran noticia...

—Pero si pudiera hallar la choza de algún lugareño donde encontrar algo de comer y algo de abrigo... —comencé a decir.

El halcón en su muñeca movió las alas y sacudió su cabeza. La joven le acarició el brillante dorso y me observó.

—Mire a su alrededor —dijo amablemente—. ¿Puede ver dónde terminan estos páramos? Mire hacia el norte, al sur, al este y al oeste. ¿Puede ver otra cosa que no sean matorrales y helechos?

—No —contesté.

—El páramo es feroz y desolado. Es muy fácil entrar en él, pero ocasionalmente aquellos que entran no lo dejan nunca. No encontrará chozas de campesinos por estos lados.

—Bueno —dije—, si usted me señala en qué dirección se encuentra Kerselec, mañana no me tomará más tiempo que el que me tomó venir.

Se giró para mirarme, esta vez con expresión de piedad.

—¡Ah! —exclamó—, venir es fácil y exige horas, regresar es diferente… y puede durar siglos.

La contemplé asombrado, pero decidí que la había malinterpretado. Entonces, antes de que yo tuviera tiempo de decir nada, sacó un silbato de su cinturón y lo hizo sonar.

Se recogió las faldas plisadas y, me solicitó que la siguiera, con agilidad se abrió paso entre las plantas espinosas hasta llegar a una roca plana entre los helechos.

—Siéntese y descanse —me sugirió—, ha caminado una larga distancia y debe estar agotado. Llegarán en seguida —dijo, y tomando asiento en un extremo de la roca, me invitó a que me sentara en el otro.

El resplandor de la tarde empezaba a menguar en el cielo y una estrella solitaria chispeaba débilmente a través de la niebla rosada. Una larga flecha vacilante de aves acuáticas volaba hacia el sur sobre nuestras cabezas, y desde los pantanos nos llegaba el llamado de los chorlitos.

—Estos páramos son hermosísimos… —dijo ella con serenidad.

—Muy hermosos, pero crueles con los extraños —le respondí.

—Hermosos y crueles —repitió soñadoramente—, hermosos y crueles.

—Iguales a una mujer —dije como un estúpido.

—¡Oh! —exclamó, conteniendo el aliento por un instante y me observó.

Sus oscuros ojos se toparon con los míos y me pareció que estaba enfadada o asustada.

—Iguales a una mujer —dijo en voz baja— ¡Qué cruel es decir algo así! —Después, al cabo de un instante, como si hablara con ella misma en voz alta, repitió—: Qué cruel de su parte decir algo así…

No sé qué tipo de disculpa le brindé por mí tonta, aunque inofensiva reflexión, pero sé que ella parecía tan perturbada que comencé a pensar que había expresado algo terrible sin saberlo, y pensé con cierto temor en las trampas y zancadillas que la lengua francesa le pone a los extranjeros. Mientras trataba de imaginar qué podría haber dicho, el sonido de unas voces llegó a través del páramo y la joven se levantó.

—No —me dijo con el asomo de una sonrisa en su pálido rostro—, no voy a aceptar sus disculpas, *monsieur*, sino que voy a demostrarle que está equivocado, y esa será mi venganza. Mire. Aquí vienen Hastur y Raoul.

La figura de dos hombres se dibujaba en el crepúsculo. Uno cargaba un saco sobre los hombros y el otro un aro frente a él, igual que un camarero que lleva una bandeja.

El aro se hallaba sujetado con correas a sus hombros y alrededor del círculo estaban posados tres halcones encapuchados provistos con cascabeles tintineantes. La joven se acercó al halconero y, con un rápido movimiento de su muñeca, transfirió su halcón al aro, donde este se situó entre sus compañeros que sacudieron sus cabezas encapuchadas y agitaron sus plumas hasta que los cascabeles tintinearon de nuevo. El otro hombre se adelantó e, inclinándose con respeto, tomó la liebre y la dejó caer dentro del saco de caza.

—Estos son mis *piqueurs* —dijo la joven dirigiéndose a mí con elegante dignidad—. Raoul es un buen cetrero y algún día lo haré *Grand veneur* y Hastur es incomparable.

Los dos hombres, en silencio, me saludaron respetuosamente.

—*Monsieur*, ¿no le dije que iba a probarle que está equivocado? —continuó—. Pues, esta es mi venganza: que tenga usted la cortesía de aceptar alimento y refugio en mi propia casa.

Antes de que pudiera dar una respuesta se dirigió a los cetreros, que de inmediato se pusieron en marcha por el brezal y, haciéndome un amable gesto, ella los siguió. No sé si logré hacerle entender lo profundamente agradecido que me sentía, pero ella parecía complacida de escucharme mientras avanzábamos entre el brezal cubierto de rocío.

—¿Se encuentra muy cansado? —me preguntó.

Frente a ella había olvidado por completo mi agotamiento y así se lo expresé.

—¿No cree que su galantería es un poco anticuada?

—preguntó, y cuando yo la observé confundido y humillado, agregó serenamente—: Oh, eso me gusta, me interesan las cosas anticuadas, y es fascinante escucharlo decir cosas bonitas.

A nuestro alrededor, el páramo estaba muy quieto, ahora bajo una fantasmal capa de niebla. Los chorlitos ya no llamaban; los grillos y las pequeñas criaturas de los montes callaban a nuestro paso, pero me parecía que podía oírlos comenzar de nuevo a lo lejos, detrás de nosotros. Con cierta antelación, los dos altos cetreros cruzaron el brezal, y el suave tintineo de los cascabeles de los halcones alcanzaban nuestros oídos como distantes murmullos de campanas.

Repentinamente, un magnífico perro de caza saltó de entre la niebla frente a nosotros, seguido de otro y otro más, hasta que media docena de perros brincaban y saltaban alrededor de la joven a mi lado. Ella los acariciaba y los apaciguaba con su mano enguantada, y hablaba con algunas extrañas palabras que yo recordaba haber leído en antiguos manuscritos franceses. En ese momento, los halcones que llevaba el cetrero en el aro por delante, comenzaron a batir sus alas y a chillar, y desde algún lugar invisible llegaron, flotando por el páramo, los sonidos de un cuerno de caza. Los perros se alejaron dando saltos delante de nosotros y desaparecieron en el crepúsculo, los halcones batieron sus alas y chillaron en su percha, y la joven, siguiendo el sonido del cuerno, comenzó a cantar. Su voz sonaba clara y dulce en el aire de la noche:

Chasseur, chasseur, chassez encore,

quittez Rosette et Jeanneton,
tonton, tonton, tontaine, tonton,
ou, pour rabattre, dès l'aurore,
que les Amours soient de planton,
tonton, tontaine, tonton.

Mientras oía su encantadora voz, una figura gris que pronto se hizo más clara surgió frente a nosotros y el cuerno volvió a sonar alegremente entre el alboroto de los perros y los halcones. Una antorcha fulguró junto a un portal. Desde una puerta abierta llegaba una luz y cruzamos un puente de madera que temblaba bajo nuestros pasos y se alzaba crujiente y tenso detrás de nosotros cuando cruzamos el foso. Luego, entramos en un pequeño patio de piedras totalmente rodeado de muros. Por una puerta abierta salió un hombre, que se reclinó en señal de saludo y entregó una copa a la joven que seguía a mi lado.

Ella tomó la copa, la rozó con sus labios y entonces, bajándola, me miró y me dijo en voz baja:

—Sea usted bienvenido.

En ese instante uno de los cetreros vino con otra copa, pero antes de entregármela, se la ofreció a la joven, quien probó su contenido. El cetrero hizo el gesto de cogerla, pero ella dudó un segundo y luego, caminando hacia mí, me la entregó de su propia mano. Sentí que este era un acto de extrema cortesía, pero al no saber muy bien qué se esperaba de mí, no la llevé a mi boca de inmediato. La joven se sonrojó. Advertí que debía hacer algo rápidamente.

—*Mademoiselle* —tartamudeé—, un extranjero a

quien usted ha salvado de peligros que tal vez él nunca conozca, vaciará esta copa a la salud de la más amable y hermosa anfitriona de Francia.

—Sea en Su nombre —dijo ella, persignándose al tiempo que yo vaciaba la copa. Luego, cruzando la puerta, se volvió hacia mí con un hermoso gesto y tomando mi mano entre las suyas, me llevó dentro de la casa diciendo una y otra vez:

—Es usted bienvenido, de hecho, muy bienvenido, al *Château d'Ys*.

II

La mañana siguiente desperté con la música del cuerno en los oídos y, levantándome del antiguo lecho, caminé hasta una ventana con cortinas en la que los rayos del sol se filtraban a través de pequeños cristales montados profundamente. Cuando miré hacia el patio, abajo, el cuerno dejo de sonar.

Un hombre que podría ser hermano de los dos cetreros del día anterior, se encontraba en medio de una jauría de perros de caza. Tenía amarrado en su espalda un cuerno curvo y sostenía un largo látigo en la mano. A su alrededor, los perros gemían y aullaban aguardando, también se oía el pisoteo de los caballos en el patio amurallado.

—¡Montad! —gritó una voz en bretón, y con un bullicio de cascos los dos cetreros, con halcones posados en sus muñecas entraron al patio, cabalgando entre los perros. En ese momento escuché otra voz que me hizo vibrar el corazón:

—Piriou Louis, lleva a los perros y no limites ni látigo ni espuela. Tú, Raoul y tú, Gastón, vigilen que el *epervier* no se conduzca como un *niais*, y si ambos lo consideran mejor, *faites courtoisie a l'oiseau*. Jardinier un *oiseau* como el *mué* que lleva Hastur en su muñeca es manejable, pero Raoul, a ti puede que te sea complicado gobernar a ese *hagard*. La semana pasada se irritó *au vif* en dos oportunidades y perdió la *beccade* aunque está habituado al *leurre*. Esa ave se comporta como un estúpido *branchier*. *Paître un hagard n'est pas si facile.*

¿Estaría soñando? El antiguo lenguaje de cetrería que había leído en pergaminos amarillos… el viejo francés olvidado de la Edad Media repicaba en mis oídos, mientras los perros ladraban y los cascabeles de los halcones hacían de acompañamiento al sonido de los cascos de los caballos. Ella volvió a hablar nuevamente en aquella amable lengua olvidada:

—Raoul, si prefieres llevar el *longe* y dejar tu *hagard au bloc*, no me opondré, porque sería una tontería empañar un día tan bonito de deporte con un *sors* mal adiestrado. Tal vez me apresuré mucho con esa ave. Lleva su tiempo llegar *à la filière* y a los ejercicios *d'escap*.

Entonces el cetrero Raoul hizo una ligera inclinación desde sus estribos y respondió:

—Con la total aprobación de *mademoiselle*, llevaré el halcón.

—Es lo que deseo —contestó ella—. Yo conozco la cetrería, pero aún tienes que darme muchas lecciones sobre *Autourserie*, mi querido Raoul. ¡*Sieur* Piriou Louis, monten!

El cazador voló veloz bajo un arco y regresó al instante montado en un pujante caballo negro, seguido de un *piqueur* también montado.

—¡Ah! —exclamó ella satisfecha—. ¡Rápido *Glemarec* René! ¡Rápido! ¡Dense prisa todos! ¡Haz sonar el cuerno *sieur* Piriou!

La música vibrante del cuerno de caza llenó el patio, los perros cruzaron el portal y los cascos de los caballos repicaron en las piedras del patio, fuerte en el puente y apagados de pronto, callados en los brezales y los helechos del páramo. El cuerno se escuchaba más y más distante hasta que fue tan leve que el repentino canto de una alondra que levantaba el vuelo lo silenció en mis oídos. Escuché una voz abajo que contestaba a una pregunta desde dentro de la casa.

—No, no lamento la cacería, iré en otra ocasión. ¡Cortesía para el extranjero, Pelagie, recuérdalo!

—*Courtoisie* —se oyó una débil voz vibrante en la casa.

Me desnudé y me restregué de la cabeza a los pies en la inmensa tina de cerámica llena de agua helada que se encontraba en el suelo de piedra, al pie del antiguo lecho. Entonces busqué mis ropas. Estas se habían esfumado, pero sobre un banco había una pila de ropas que observé con asombro. Como las mías habían desaparecido, me vi forzado a vestirme con la vestimenta evidentemente dejada allí para que yo la utilizara mientras mi ropa se secaba. Todo se hallaba allí, gorra, calzado y una prenda de caza de tejido doméstico color gris plateado; pero el traje que me quedaba a la perfección y las botas sin costuras eran de otro siglo, entonces recordé el inusual atuendo de los tres cetreros en el patio. Era indudable que no era el vestuario moderno de algún lugar de Francia o de Bretaña, pero solo cuando me observé en un espejo entre las ventanas, noté que estaba usando un traje de caza de la Edad Media y que no vestía como un bretón de la actualidad. Dudé y tomé la gorra. ¿Bajaría con aquella inusual vestimenta? No parecía haber otra salida, ya que mis prendas habían desaparecido y no había campanilla en la vieja habitación para llamar a un criado, de forma que me contenté con retirar una pequeña pluma de la gorra, abrí la puerta y bajé.

Junto a la chimenea, en una gran habitación al pie de las escaleras, una vieja bretona se encontraba sentada hilando en una rueca. Me miró cuando yo aparecí y, sonriendo abiertamente, me deseó salud en idioma bretón, a lo cual le contesté risueño en francés. En ese preciso instante apareció mi anfitriona y me devolvió el saludo con una elegancia y dignidad que me estremeció el corazón. Su encantadora cabeza de oscuros cabellos rizados estaba coronada con un tocado que borró cualquier duda sobre la época de mi propio traje. Su delicada figura resaltaba con exquisita elegancia en el traje de caza de tejido doméstico bordado de plata, y en la mano enguantada se encontraba uno de sus halcones favoritos. Con absoluta sencillez me cogió la mano y me llevó al jardín del patio, y sentándose en una mesa, me invitó a hacer lo mismo junto a ella. Entonces me preguntó con su delicado e inusual acento cómo había pasado la noche y si me sentía incómodo al llevar el atuendo que la anciana Pelagie había colocado en mi habitación mientras yo estaba dormido. Pude ver mis propias ropas y botas secándose al sol al lado del muro del jardín, y las odié. ¡Qué horrendas eran al compararlas con la graciosa vestimenta que llevaba ahora! Se lo comenté riendo, pero ella se mostró de acuerdo conmigo bastante seria.

—Las tiraremos —dijo con voz calmada.

Sorprendido, traté de explicarle que no solo no era mi costumbre recibir ropas de nadie, aunque fuera una posible costumbre de la hospitalidad en ese lugar del país, y que, por supuesto, mostraría una imagen inaceptable si regresaba vestido como estaba en ese momento.

Ella sonrió y movió su bonita cabeza pronunciando algo en francés antiguo que no logré entender, y en ese instante, Pelagie apareció trotando en el patio con una bandeja en la que se encontraban dos cuencos de leche, un trozo de pan blanco, frutas, un plato con panales de miel y un frasco con vino de intenso color rojo.

—Puede darse cuenta de que aún no había roto mi ayuno porque deseaba que usted comiera conmigo. Pero estoy famélica —dijo sonriendo.

—¡Antes preferiría morir que olvidar una sola palabra de lo que acaba de expresar! —le dije con las mejillas encendidas—. Creerá que estoy loco —pensé para mí, pero ella me miró con ojos radiantes.

—¡Oh! —murmuró—. Entonces *monsieur* sabe todo lo que hay que saber acerca de la caballerosidad...

Se santiguó y dividió el pan. Yo permanecí sentado mirando sus blancas manos sin atreverme a levantar mi mirada hacia la suya.

—¿No desea comer? —me preguntó—. ¿Por qué está tan inquieto?

¡Ah! ¿Por qué? Ya lo sabía. Sabía que entregaría mi

vida por besar con mis labios esas blancas manos. En ese momento logré entender que desde el instante en que vi sus ojos oscuros allá en el páramo, la noche anterior, la había amado. Mi inmensa y repentina pasión me dejó sin palabras.

—¿Se siente usted mal? —me preguntó.

Entonces, igual que un hombre que lee su propia sentencia, le contesté en voz baja:

—No, no estoy bien porque la amo. —Y como ella permaneció imperturbable y no me respondió, el mismo impulso hizo mover mis labios a pesar mío, y dije—: Yo, que soy indigno del más leve de sus pensamientos, yo, que abuso de su hospitalidad y devuelvo su gentil cortesía con atrevida presunción, la amo.

Ella apoyó su cabeza sobre sus manos y dijo suavemente:

—Te amo. Sus palabras son muy queridas para mí. Te amo.

—Entonces, yo la ganaré.

—Gáneme —respondió.

Pero durante todo ese tiempo yo había permanecido sentado en silencio, con mi rostro vuelto hacia ella. Y ella, igualmente en silencio, con su dulce rostro apoyado en la palma de su mano vuelta hacia arriba, se encontraba sentada frente a mí, y cuando nos miramos a los ojos, supe que ni ella ni yo habíamos hablado con palabras, pero también supe que su espíritu le había contestado al mío y me puse de pie experimentando un juvenil y jubiloso amor que corría por cada una de mis venas. Ella, con sonrojado rostro, parecía como alguien que acaba de despertar de un sueño y su mirada buscó la mía con una expresión de interrogación que me llenó de complacencia. Rompimos nuestro ayuno conversando sobre nosotros mismos. Le dije mi nombre y ella me dijo el suyo: *Demoiselle* Jeanne d'Ys.

Me contó sobre la muerte de su padre y de su madre, y me narró cómo los diecinueve años de su vida habían pasado en aquella granja fortificada, a solas con su nodriza Pelagie Glemarec, René el *piqueur* y los cuatro cetreros, Raoul, Gastón, Hastur y *sieur* Piriou Louis, quienes habían trabajado al servicio de su padre. Jamás había salido de los páramos... y ni siquiera había visto a otra persona, salvo a los halconeros y a Pelagie. No tenía idea de cómo había escuchado sobre Kerselec, posiblemente los cetreros le habrían hablado de ella. Conocía las fábulas del *Loup Garou* y *Jeanne la Flamme* gracias a su nodriza Pelagie. Sabía bordar e hilar lino, y sus halcones y sus perros de caza eran la única distracción que tenía. Cuando me halló en el páramo sintió tanto miedo que estuvo a punto de desmayarse cuando escuchó mi voz. Ciertamente, había visto barcos en el mar desde los acantilados, pero hasta donde su vista llegaba, los páramos sobre los cuales solía cabalgar se encontraban totalmente desprovistos de cualquier signo de vida humana. Existía una leyenda que le contó Pelagie, que mencionaba que cualquiera que se perdiera en aquel terreno inexplorado no lograría regresar nunca más, ya que el páramo se hallaba encantado. No sabía si era verdad y nunca había pensado en eso hasta que se topó conmigo. No tenía idea de sí los cetreros habían salido alguna vez del páramo, o si podrían hacerlo si lo desearan. Los libros que se encontraban en la casa, con los que su nodriza Pelagie le había enseñado a leer, tenían cientos de años.

Todo esto me lo narró con la inocente seriedad que muy pocas veces se encuentra en una persona salvo que sea un niño. No le fue difícil pronunciar mi nombre e insistió en que debía poseer sangre francesa, ya que mi nombre de pila era Philip. No mostró curiosidad por saber nada del mundo exterior, y se me ocurrió pensar que tal vez habría perdido el interés a causa de las leyendas que le contara su nodriza.

Aún estábamos sentados en la mesa y ella lanzaba uvas a las avecillas del campo que se acercaban sin ningún miedo hasta nuestros pies.

Comencé a mencionar vagamente que partiría, pero ella no quiso escucharlo, y antes de que yo mismo lograra darme cuenta, ya le había prometido permanecer durante una semana y cazar con halcón y perro junto a ella. También conseguí un permiso para regresar a Kerselec y visitarla después de mi regreso.

—¡Caramba! —dijo con inocencia—. No sé qué haría si no regresa nunca.

Y yo, sabiendo que no tenía derecho a despertarla, después del repentino impacto que la confesión de mi amor le habría causado, permanecí sentado sin decir palabra y sin apenas atreverme a respirar.

—¿Vendrá con frecuencia? —me preguntó.

—Con mucha frecuencia —le contesté.

—¿Vendrá cada día?

—Cada día.

—¡Oh! —suspiró—. Soy muy feliz… Venga a ver mis halcones.

Se levantó y volvió a tomar mi mano con infantil inocencia y posesión, y avanzamos entre el jardín y los árboles frutales hasta llegar a un prado de césped rodeado por un arroyo. En el prado se encontraban esparcidos unos quince o veinte tocones de árboles parcialmente enterrados en la hierba, y en cada uno de ellos, salvo en dos, se hallaban posados sendos halcones. Se encontraban sujetos a los tocones con unas correas que, a su vez, estaban sujetas con remaches de acero a sus patas, justo por encima de las garras. Un pequeño arroyuelo de agua pura de manantial fluía en un curso sinuoso a muy poca distancia de cada uno de los maderos.

Las aves comenzaron a clamar cuando la joven apareció, pero ella caminó de una en una, acariciando a algunas, alzando a otras durante unos instantes sobre su muñeca o inclinándose para acomodar sus ataduras.

—¿No son hermosas? —preguntó—. Mire, esta es la hembra de un halcón peregrino. La llamamos *innoble* porque atrapa la presa en caza directa. Este es un halcón azul. En cetrería lo llamamos *noble* porque vuela sobre la presa, gira y se deja caer sobre ella desde lo alto. Esta ave blanca de aquí es un gerifalte del norte. ¡También es noble! Este es un azor, y este terzuelo es un halcón-garza.

Entonces le pregunté cómo aprendió la vieja lengua de la cetrería. Ella no lograba recordarlo, pero pensaba que su padre debió enseñársela desde muy pequeña.

Después me llevó a otro lugar donde me mostró a los halcones jóvenes aún en el nido.

—En la halconería se llaman *niais* —señaló—. Un *branchier* es un ave muy joven apenas capaz de dejar el nido y saltar de rama en rama. El pichón joven que todavía no ha cambiado sus plumas se llama *sors*, y un *mué* es un halcón que ha mudado sus plumas estando en cautiverio. Cuando logramos atrapar a un halcón salvaje que no ha cambiado su plumaje los llamamos *hagard*. Raoul es quien me ha enseñado a preparar un halcón. ¿Le muestro cómo se hace?

Se sentó en la orilla del arroyuelo, entre los halcones, y yo me senté a sus pies para escucharla.

Entonces *Demoiselle* d'Ys alzó un dedo de rosada yema y comenzó con extrema seriedad.

—En primer lugar, hay que atrapar el halcón.

—Estoy atrapado —le dije.

Ella comenzó a reír graciosamente y mencionó que mi *dressage* tal vez no fuera fácil, porque yo era noble.

—Ya estoy domesticado —le repliqué—, con atadura y cascabel.

Rio fascinada.

—Oh, mi valiente halcón. ¿Entonces, acudirá usted a mi llamada?

—Soy suyo —le respondí gravemente.

Ella se quedó callada un momento. Luego, se le encendió el color en las mejillas y alzó nuevamente el dedo diciendo:

—Escuche, yo quiero hablar de cetrería.

—La oigo, condesa Jeanne d'Ys.

Pero esta vez se sumergió en un ensueño y su mirada parecía fija en algo más lejano que las nubes de verano.

—Philip —dijo al fin.

—Jeanne —respondí yo.

—Esto es todo… todo lo que anhelaba —dijo con un leve suspiro—. Philip y Jeanne.

Alargó su mano hacia mí y yo la rocé con mis labios.

—¡Gáname! —pero esta vez nuestro cuerpo y alma hablaron a una sola voz.

Al cabo de un instante continuó:

—Hablemos de cetrería.

—Comienza —le dije—, ya hemos capturado al halcón.

Entonces, Jeanne d'Ys tomó mi mano entre las suyas y comenzó a contarme cómo, con absoluta paciencia, se enseña al joven halcón a posarse en la muñeca y cómo, muy lentamente, se va acostumbrando a las ataduras, a las campanillas y al *chaperon à cornette*.

—Lo primero es que deben tener muy buen apetito —explicó—, después, poco a poco, comienzo a reducir los alimentos, es lo que en cetrería se llama *pât*. Entonces, después de pasar muchas noches *au bloc*, que es el lugar donde ahora están estas aves, persuado al *hagard* para que se pose tranquilo en la muñeca, es en este momento cuando el ave está preparada para que se le enseñe a ir por su alimento. El *pât* se fija en el extremo de una correa o *leurre*, y enseño al halcón a venir hacia mí apenas empiezo a girar la cuerda alrededor de mi cabeza. Al comienzo dejo caer el *pât* cuando el ave viene y se lo come en tierra. Después de un tiempo, aprende a atrapar el *leurre* en movimiento mientras lo hago girar encima de mi cabeza o lo arrastro por el suelo. Después de esto es sencillo enseñar al ave a atrapar una presa, recordando siempre «*faire courtoisie à l'oiseau*», es decir, hay dejar que el ave pruebe la presa.

El chillido de uno de los halcones la interrumpió, y ella fue a ajustar el *longe* que se había enredado alrededor del *bloc*, pero el ave continuó batiendo sus alas y chillando.

—¿Qué ocurre? —preguntó—. Philip, ¿tú logras ver algo?

Divisé alrededor y no advertí nada que pudiera ser motivo del escándalo ahora acrecentado por el aleteo y los chillidos de todas las aves. Entonces, mi mirada se posó sobre la roca plana, junto al arroyo, de la que la joven acababa de levantarse. Una serpiente gris se deslizaba lentamente por la superficie de la piedra y los ojos de su aplastada cabeza triangular brillaban como el azabache.

—Una culebra —dijo ella con serenidad.

—Es inofensiva, ¿cierto? —pregunté.

Ella señaló la figura negra en forma de V en el cuello del reptil.

—Es una muerte segura —dijo—. Es un áspid.

Vimos como el reptil se arrastraba despacio por la tersa roca sobre la cual la luz del sol creaba un amplio espacio cálido.

Iba a aproximarme para observarla, pero ella me cogió por el brazo, gritando:

—No hagas eso, Philip, tengo miedo.

—¿Por mí?

—Sí, por ti, Philip… es que te amo.

La tomé entre mis brazos y la besé en los labios, pero todo lo que pude decir fue:

—Jeanne, Jeanne, Jeanne.

Y mientras ella se apoyaba trémula sobre mi pecho, sentí que algo me mordió el pie entre la hierba, pero no presté atención. Entonces, algo me mordió nuevamente en el tobillo y sentí un dolor punzante. Observé la dulce expresión de Jeanne d'Ys, le di un beso, y de inmediato, con todas mis fuerzas, la alcé en brazos y la lancé lejos de mí. Después, me incliné, arranqué a la víbora de mi tobillo y le rompí la cabeza con el tacón de la bota. Recuerdo que me sentí débil y acalambrado… recuerdo que caí al suelo. A través de la creciente niebla que me iba cubriendo los ojos, pude ver la cara de Jeanne inclinada junto a la mía, y cuando la luz de mis ojos se apagó, aún pude sentir sus brazos alrededor de mi cuello y su suave mejilla rozando mi boca contraída.

Cuando abrí los ojos de nuevo, miré aterrorizado a mi alrededor. Jeanne había desaparecido. Miré el arroyo y la roca plana, logré ver la víbora aplastada en la tierra a mi lado, pero los halcones y los *blocs* habían desaparecido. Me levanté de un salto. El jardín, los árboles frutales, el puente y el patio amurallado se habían esfumado. Me quedé observando como un tonto un cúmulo de ruinas desmoronadas, cubiertas de hiedra y tonos grises, entre las que árboles inmensos se habían abierto paso. Me desplacé hacia el frente arrastrando mi pie entumecido y, mientras avanzaba, un halcón se elevó desde la copa de los árboles entre las ruinas, y remontando el vuelo, en círculos cada vez más estrechos, desapareció entre las nubes.

—Jeanne, Jeanne —comencé a gritar, pero la voz se me ahogó en la garganta y caí de rodillas entre los matorrales. Y, así lo quiso Dios, sin saberlo había caído frente a una capilla derruida, tallada en piedra, dedicada a nuestra Madre de los Dolores. Observé la afligida cara de la virgen tallada en la helada piedra. Observé la cruz y los arbustos a sus pies, y debajo del rostro tallado leí:

Rogad por el alma de la
Demoiselle Jeanne d'Ys
que falleció en su juventud
por el amor de Philip,
un extranjero.
1573 d. C.

Pero encima de aquella lápida fría había un guante de mujer, aún cálido y perfumado.

La máscara

Camilla: Señor, debería quitarse la máscara.
Forastero: ¿De verdad?
Cassilda: En realidad, ya es hora.
Todos nos hemos quitado los disfraces salvo usted.
Forastero: Yo no llevo máscara.
Camilla (aterrada a Cassilda): ¿No lleva máscara? ¿No la lleva?
Acto I. Escena 2ª.

I

Aunque yo no tenía conocimientos de química, escuchaba encantado. Él tomó un lirio de pascua que Geneviève había traído esta mañana de Nôtre Dame y lo introdujo en el recipiente. De inmediato el líquido perdió su traslúcida claridad. Por un segundo la flor se vio envuelta con una espuma blanco lechosa que se esfumó dejando el líquido opalescente. Encima de la superficie retozaron cambiantes tintes anaranjados y carmesíes, y después, lo que pareció un rayo de luz solar emergió desde el fondo del recipiente donde se hallaba el lirio. En ese justo instante, él sumergió la mano en el recipiente y extrajo la flor.

—No hay peligro —explicó— si se elige el momento justo. El rayo dorado es la señal.

Me extendió el lirio y yo lo tomé en mi mano. Se había transformado en piedra, en el más perfecto mármol.

—¿Lo ves? —me dijo—, ni el más mínimo fallo. ¿Qué escultor podría reproducirlo de esa manera?

El mármol era tan blanco como la nieve, pero, en sus profundidades, las vetas del lirio se coloreaban del más ligero azul celeste y un delicado carmesí se rezagaba en lo más profundo de su corazón.

—No me preguntes la causa —dijo con una sonrisa al notar mi asombro—, no tengo la más mínima idea de por qué se colorean las vetas y el corazón, pero siempre ocurre de ese modo. Ayer hice la prueba con el pez dorado de Geneviève, aquí está.

El pez parecía modelado en mármol. Pero si se lo ponía a contraluz, la piedra se hallaba bellamente veteada de un clarísimo azul, y desde algún lugar en su interior emergía una luz rosada como la que reposa en el ópalo. Observé el recipiente. Nuevamente parecía lleno del más límpido cristal.

—¿Y si lo toco ahora? —pregunté.

—No lo sé —contestó—, pero es mejor que no lo intentes.

—Hay algo por lo que siento curiosidad —manifesté—, ¿de dónde surge el rayo de sol?

—Parece un auténtico rayo de sol —señaló—. No lo sé, siempre aparece cuando sumerjo un ser vivo. Tal vez… —continuó con una sonrisa— tal vez sea la chispa de vida de la criatura, la cual escapa de la fuente de donde surgió.

Noté que se estaba burlando y lo amenacé con un gesto, pero él se limitó a sonreír y a cambiar de tema.

—Quédate a comer. Geneviève llegará en un momento.

—La vi ir a la misa temprano esta mañana —dije— y parecía tan fresca y tan amable como ese lirio, antes de que lo arruinaras...

—¿Piensas que lo he arruinado? —preguntó Boris con voz seria.

—Arruinado o preservado... ¿quién podría decirlo?

Nos encontrábamos sentados en un rincón del estudio, al lado de *Las Parcas,* su grupo sin finalizar. Se recostó en el respaldo del sofá girando su cincel en las manos y observando fijamente su obra.

—Entre paréntesis —dijo—, he terminado esa antigua pieza académica de nombre Ariadna y sospecho que tendré que presentarla en el Salón. Es lo único que tengo listo este año, pero después del maravilloso éxito que tuve con la *Madona,* me avergüenza mandar semejante cosa.

La *Madona,* un magnífico mármol para el que había posado Geneviève, fue la sensación del Salón el año pasado. Observé la Ariadna. Era una estupenda pieza desde el punto de vista técnico, pero me mostré de acuerdo con Boris en que el mundo estaría esperando algo mejor de él. Pese a ello, era imposible pensar en finalizar a tiempo el espléndido y terrible grupo para el Salón, medio cubierto en el mármol a mis espaldas. *Las Parcas* tendrían que esperar.

Estábamos muy orgullosos de Boris Yvain. Nosotros le exigíamos, y él nos exigía a nosotros, por el simple hecho de haber nacido en Norteamérica, sin embargo, su padre era francés y su madre rusa. Todos en las *Beaux*

Arts lo llamábamos Boris. No obstante, él se dirigía de modo familiar solo a dos de nosotros: a Jack Scott y a mí.

Posiblemente, el hecho de que yo me encontrara enamorado de Geneviève, tuviera alguna relación con el afecto que me mostraba. Aunque jamás lo hubiéramos reconocido entre nosotros. Pero después de hablarlo, y ella, con lágrimas en los ojos, me confesó que era a Boris a quien amaba, me dirigí a su casa y lo felicité. Siempre he creído que la admirable cordialidad de esa visita no nos engañó a ninguno de los dos, aunque al menos para mí fue un gran consuelo. Creo que él y Geneviève jamás hablaron de ese asunto, pero Boris lo sabía.

Geneviève era una joven adorable. La pureza de su rostro de Madona podría haberse inspirado en el Sanctus de la Misa de Gounod. Aunque siempre me procuraba mucha alegría que transformara su estado de ánimo por lo que llamábamos las *Maniobras de Abril.* Con frecuencia, era tan variable como un día de abril. En la mañana: delicada, digna y dulce; al mediodía: sonriente y antojadiza; al atardecer: lo que uno menos imaginara. Yo la prefería de esa forma a la serenidad de Madona que sacudía las profundidades de mi corazón. Me encontraba soñando con Geneviève cuando él habló de nuevo.

—Alec, ¿qué opinas de mi descubrimiento?

—Me parece maravilloso.

—Sabes que no lo usaré, salvo para calmar mi curiosidad en la medida de lo posible y el secreto se irá conmigo.

—Sería un verdadero golpe para el arte de la escultura, ¿no lo crees? Para nosotros los pintores, la fotografía es una verdadera pérdida más que una ganancia.

Boris afirmó con la cabeza mientras jugueteaba con el borde del cincel.

—Este insólito y maligno descubrimiento pervertiría el mundo del arte. No, nunca confiaré el secreto a nadie —dijo despacio.

Era difícil encontrar a alguien con menos información sobre esos fenómenos que yo; pero claro está, había escuchado hablar de fuentes minerales, tan saturadas de sílice, que las hojas y las pequeñas ramas que caían en esas fuentes se transformaban en piedra al cabo de cierto tiempo. Comprendía el proceso vagamente: la sílice va reemplazando el tejido vegetal átomo por átomo y el resultado es una réplica del objeto en piedra. Confieso que esto nunca me había interesado mucho, y en relación a los fósiles antiguos que se originaron de esta forma, me disgustaban. Boris, en cambio, sintiendo curiosidad en lugar de desagrado, había estudiado el tema y casualmente había tropezado con una solución que embestía al objeto sumergido con sorprendente ferocidad, en un segundo realizaba la labor de años. Esto fue todo lo que pude entender de la inusual historia que acababa de narrarme. Al cabo de un extenso silencio volvió a hablar.

—Casi me asusto cuando pienso en lo que descubrí. Los científicos se volverían locos con ese descubrimiento. Por lo demás, fue tan sencillo, se descubrió solo. Cuando pienso en la fórmula y en el elemento nuevo que se precipitó en escamas metálicas…

—¿Qué elemento nuevo?

—Oh, no he pensado en darle un nombre, y no creo que lo haga. Ya existen suficientes metales preciosos en el mundo como para cortar gargantas.

Afiné el oído.

—¿Hallaste cómo producir oro, Boris?

—No. hice algo mejor… pero… ¡Mira, Alec! Tú y yo tenemos todo lo que precisamos en este mundo —dijo riendo y levantándose—. ¡Ah, qué siniestra y codiciosa parece tu apariencia!

Yo también reí, y le comenté que me devoraba el deseo del oro y era conveniente que habláramos de otra cosa, de manera que al momento, cuando llegó Geneviève, ya le habíamos dado la espalda a la alquimia.

Geneviève estaba trajeada de gris plateado de la cabeza a los pies. La luz brillaba a lo largo de las ligeras ondas de su cabello claro cuando volvió su mejilla hacia Boris, entonces me miró y me devolvió el saludo. Jamás había dejado de soplarme un beso con la punta de sus blancos dedos, y yo inmediatamente me quejé del olvido. Ella sonrió y me alargó su mano, que dejó caer casi antes de tocar la mía. Entonces dijo, mirando a Boris:

—Debes pedirle a Alec a que se quede a comer.

Esto también era una novedad. Hasta hoy, siempre me lo había pedido ella misma.

—Ya lo hice —dijo Boris brevemente.

—Y tú has aceptado, espero —dijo ella.

Se volvió hacia mí con una bonita sonrisa forzada. La cual podía haber estado dirigida a una amistad que comenzó ayer.

Hice una reverencia.

—*J'avais bien l'honneur, madame.*

Pero ella, negándose a adoptar el tipo de bromas acostumbradas, pronunció un hospitalario lugar común y se retiró. Boris y yo nos vimos la cara.

—Tal vez será mejor que me marche, ¿no crees?

—¡Que me ahorquen si lo sé! —respondió él con honestidad.

Mientras hablábamos de la conveniencia de mi partida, Geneviève reapareció en el salón sin sombrero. Estaba magníficamente hermosa, aunque su color era demasiado profundo y sus bellos ojos resplandecían excesivamente. Vino sin preámbulos hacia mí y me tomó del brazo.

—La comida está lista. Alec, ¿me mostré de mal humor? Creí que tenía dolor de cabeza, pero no lo tengo. Boris, ven acá —y pasó su otro brazo debajo del de él—. Alec está enterado de que no hay nadie a quien yo le tenga tanto aprecio después de ti, de manera que si alguna vez él se siente desairado no tiene por qué ofenderse.

—*A la bonheur!* —exclamé—. ¿Quién se atreve a decir que no hay tormentas en abril?

—¿Están listos? —preguntó Boris.

—¡Claro que lo estamos!

Y tomados del brazo nos lanzamos corriendo hacia el comedor escandalizando a los sirvientes. Al fin y al cabo, no se nos podía culpar por ello; Geneviève, tenía dieciocho años; Boris, veintitrés, y yo, aún no había cumplido los veintiuno.

II

Cierto trabajo que estaba haciendo por aquel entonces, orientado a la decoración del tocador de Geneviève, era la razón de que me encontrara constantemente en el pintoresco hotelito de la calle Sainte-Cécile. Boris y yo trabajábamos duro durante esos días, pero solo cuando nos apetecía, lo cual sucedía con cierta irregularidad, entonces, junto con Jack Scott, los tres holgazaneábamos juntos.

Una calmada tarde yo me hallaba solo recorriendo la casa, explorando objetos curiosos, explorando extraños rincones, hallando confituras y cigarros en singulares escondrijos, hasta que finalmente me detuve en el cuarto de baño. Allí se encontraba Boris, cubierto de arcilla y lavándose las manos.

El baño era de mármol rosado salvo el suelo incrustado de rosa y de gris. En el medio había una alberca cuadrada por debajo del nivel del suelo, a la que se entraba bajando por unos escalones, y el cielo raso era sostenido por pilares esculpidos en el que se hallaban pintados algunos frescos. En un lado del recinto, un dulce Cupido de mármol parecía acabar de descender sobre su pedestal. Todo el interior era trabajo de Boris y mío. Boris, vestido con sus ropas de trabajo de lona blanca, lavaba las huellas de arcilla y de cera roja de modelar de sus agraciadas manos y galanteaba encima del hombro con el Cupido.

—Te estoy viendo —le decía—, no trates de mirar hacia otro lado y fingir que no me miras a mí. Tú sabes muy bien quién te hizo, pequeño hipócrita.

En estos diálogos siempre me pertenecía el papel de intérprete de las emociones del Cupido, y cuando llegó mi turno, hablé de manera tal que Boris me tomó del brazo y me llevó hacia la alberca, diciendo que me lanzaría en ella. Al instante me soltó el brazo y se puso muy pálido.

—¡Dios mío! —exclamó—. ¡Casi olvido que la alberca está llena de la solución!

Yo sentí una ligera sacudida y parcamente le recomendé tener presente dónde acumulaba el precioso líquido.

—¡Por todos los santos! ¿Cómo se te ocurre almacenar, justamente aquí, un estanque de esa sustancia horripilante? —le pregunté.

—Quiero probar con una pieza grande —respondió.

—¡Conmigo, por ejemplo!

—¡Ah! eso estuvo demasiado cerca para bromear con ello, pero quiero ver la acción de esa sustancia en un cuerpo vivo más organizado. Allí está ese inmenso conejo blanco —dijo caminando hacia el estudio.

Jack Scott, cubierto con una chaqueta manchada de pintura, entró distraídamente en la estancia, se adueñó de todas las confituras orientales a las que consiguió meter mano, desvalijó la caja de cigarros y finalmente, fue con Boris a visitar la galería de Luxemburgo, donde una nueva pieza de bronce de Rodin y un cuadro de Monet requerían la atención exclusiva de toda la Francia artística. Yo regresé al estudio y retomé mi trabajo. Era un biombo estilo renacentista que Boris deseaba que pintara para el tocador de Geneviève. Pero el niño que de mala gana trabajaba posando para él, hoy no quería aceptar ningún soborno que yo le ofrecía para que adoptara la postura adecuada. No permaneció ni un instante en la misma posición, y al cabo de cinco minutos, solo tuve un montón de esbozos del pequeño miserable.

—¿Estás posando o estás practicando un baile y su canción? —le pregunté.

—Lo que a *monsieur* le guste más —respondió con una sonrisa de ángel.

Lógicamente, lo despedí por ese día y claro está que le pagué por la sesión entera, ya que así es como seducimos a nuestros modelos.

En cuanto el pequeño demonio se marchó, dediqué unas pocas pinceladas rutinarias al trabajo, pero estaba de tan mal humor, que me llevó el resto de la tarde deshacer el daño que había hecho, así que al final raspé la paleta, sumergí los pinceles en un vaso de aguarrás y me fui al cuarto de fumar. La verdad es que creo que, salvo las habitaciones de Geneviève, ninguna habitación de la casa se encontraba tan libre del tufillo del tabaco como esta. Había un extraño caos de cachivaches y tapices raídos. Al lado de la ventana se hallaba un antiguo clavicordio de dulces tonos en buen estado. Había mostradores de armas, algunos viejos y aburridos, otros brillantes y modernos; festones de armaduras indias y turcas sobre la chimenea, dos o tres buenos cuadros y un estante para pipas. Teníamos la costumbre de venir aquí en busca de nuevas impresiones al fumar. Dudo que jamás haya existido algún tipo de pipa que no se encontrara en esta colección. Cuando elegíamos una, íbamos con ella a otro lugar y fumábamos, porque en conjunto, este cuarto era el más sombrío y el menos acogedor de toda la casa. Pero esa tarde la aurora era relajante, las alfombras y las pieles que se encontraban en el suelo parecían pardas, suaves y adormecidas; el gran sofá estaba cubierto de cojines y me estiré allí para fumar una excepcional pipa en aquel cuarto. Había seleccionado una con largo cañón flexible y cuando la encendí me sumergí en ensueños. Después de un rato se apagó, pero no quise moverme. Continué con mis ensueños y no tardé en quedarme dormido.

Me despertó la melodía más triste que hubiera escuchado jamás. La habitación estaba totalmente a oscuras, no tenía ni idea de qué hora podría ser. Un rayo de luna coloreaba de plata un ángulo del viejo clavicordio y la madera pulida parecía emitir los sonidos, igual que flota el perfume en una caja de madera de sándalo. En la oscuridad, alguien se puso de pie y se alejó llorando calladamente, y yo fui lo bastante tonto como para decir:

—¡Geneviève!

Al escuchar mi voz, ella se desmayó y yo tuve tiempo de reprocharme mientras encendía una luz e intentaba levantarla del suelo. Ella me rechazó con un quejido de dolor. Permanecía muy quieta y me pidió ver a Boris. La llevé hasta el sofá y fui a buscarlo, pero no estaba en la casa y los sirvientes ya se habían retirado a dormir. Confuso y ansioso, fui otra vez al encuentro de Geneviève. Se encontraba donde la había dejado y estaba muy pálida.

—No encuentro a Boris, tampoco a ninguno de los sirvientes —mencioné.

—Lo sé —respondió débilmente—. Boris fue a Ept con el señor Scott. No pensé en ello cuando te envié a buscarlo.

—Pero en ese caso, no regresará antes de mañana por

la tarde y… ¿estás lastimada? ¿Te caíste debido al susto que te di? Qué tonto soy, pero no estaba despierto del todo.

—Boris pensó que te habías ido antes de la cena. Por favor, discúlpame por dejarte aquí solo todo este tiempo.

—Dormí una larga siesta —dije sonriendo—, tan profunda, que no pude saber si aún soñaba cuando vi una figura que venía hacia mí y dije tu nombre. ¿Has estado tocando el viejo clavicordio? Debiste haberlo tocado muy suavemente.

Había dicho mil mentiras peores que esa, solo por ver la mirada de alivio que reconocí en su cara. Sonrió de un modo encantador y dijo con su voz habitual:

—Alec, me tropecé con la cabeza de ese lobo y pienso que mi tobillo sufrió una torcedura. Por favor, haz venir a Marie y luego ve a tu casa.

Hice lo que me solicitaba y la dejé en compañía de la doncella.

III

Al día siguiente, hacia el mediodía cuando fui de visita, hallé a Boris que caminaba agitado por el estudio.

—Geneviève está dormida —me dijo—, la luxación no ha sido grave, pero ¿por qué le habrá subido tanto la fiebre? El doctor no logra explicarlo o tal vez no quiera hacerlo —murmuró.

—¿Geneviève tiene fiebre? —pregunté.

—Así es, y anoche, por momentos, sufrió mareos. ¡Qué pensamiento! La pequeña Geneviève, sin ninguna preocupación en el mundo, y está diciendo que tiene el corazón roto y que desea morir.

Mi propio corazón se detuvo en ese instante.

Boris descansaba apoyado en la puerta del estudio con la mirada baja, sus manos dentro de los bolsillos, sus bondadosos y perspicaces ojos nublados, y una nueva línea de inquietud sobre el bondadoso ángulo de la boca que dibujaba su sonrisa. La doncella tenía órdenes de avisarle en el preciso instante en que Geneviève abriera sus ojos. Esperamos y esperamos, y Boris, nervioso, deambulaba manipulando cera de modelar y arcilla roja. Repentinamente, se dirigió al cuarto de al lado.

—Ven a ver mi baño color rosa invadido de muerte —mencionó.

—¿De muerte? —le pregunté para seguirle el hilo.

—Supongo que no pretenderás llamarlo vida —contestó y, mientras hablaba, extrajo de la pecera a un solitario pececillo dorado que comenzó a agitarse—. Enviaremos a este detrás del otro… dondequiera que se encuentre —dijo.

Había una excitación inquieta en su voz. Un peso sordo de fiebre caía sobre mis extremidades y en mi cerebro, mientras lo seguía hasta el bello estanque de cristal con sus paredes de color rosa donde lanzó al animalito. Al caer en el líquido, sus escamas fulguraron con un cálido brillo anaranjado en medio de sus frenéticas contorsiones. Al instante de penetrar en el líquido, se puso rígido y pesadamente, se hundió hasta el fondo. Después brotó la espuma lechosa, los sorprendentes matices irradiaron a la superficie y entonces el rayo de pura luz serena surgió desde lo que parecía como una infinita profundidad. Boris sumergió su mano y sacó un exquisito objeto de mármol de venas azuladas, tonos rosas y con luminosas gotas opalescentes.

—Es un juego de niños —dijo y me observó con cansancio y ansioso, como si yo pudiera responder a sus inquietudes. Pero Jack Scott llegó y se unió al *juego,* tal como él lo llamaba con entusiasmo. No quedaba nada más que probar salvo el experimento con el conejo blanco, allí mismo, en ese preciso momento. Yo tenía deseos de que Boris se distrajera de sus preocupaciones, pero no deseaba ver privado de vida a aquella tierna criatura y me opuse a estar presente. Tomando un libro al azar, fui a sentarme en el estudio para leer. ¡Ay! Había hallado *El rey de amarillo.* Al cabo de unos minutos, que me parecieron siglos, lo estaba guardando de nuevo con un escalofrío nervioso, cuando Boris y Jack entraron trayendo su conejo de mármol. Al mismo tiempo sonó la campana de arriba y se escuchó un grito en la habitación de los enfermos. Boris se trasladó allí igual que un rayo y al instante gritó:

—Jack, ve corriendo a buscar al doctor, tráelo contigo... Alec, ven aquí.

Fui hasta la habitación de Geneviève y esperé en la puerta. La doncella atemorizada salió a toda prisa y se alejó corriendo a buscar una medicina. La joven, que se hallaba sentada en posición vertical, con las mejillas encendidas y los ojos brillantes murmuraba sin cesar y se resistía a Boris, que con delicadeza trataba de contenerla. Me llamó para pedirme ayuda. A mi primer acercamiento, la joven dio un suspiro y se dejó caer de espaldas cerrando sus ojos y entonces —entonces— mientras seguíamos inclinados sobre ella los abrió de nuevo, miró directamente la cara de Boris, ¡pobre chica enloquecida por la fiebre! y reveló su secreto. En ese preciso instante, nuestras tres vidas tomaron nuevos caminos. El lazo que nos había mantenido juntos durante tanto tiempo se rompió para siempre y un nuevo nudo se formó en su lugar, porque había dicho mi nombre y como la fiebre la mortificaba, su corazón dejó salir el peso de su dolor oculto. Desconcertado y atónito bajé la cabeza mientras la cara me ardía igual que un carbón encendido y la sangre me subía a las orejas dejándome estupefacto con aquel lamento. Incapaz de moverme, incapaz de pronunciar palabra, oí sus febriles palabras en medio de una angustia de vergüenza y sufrimiento. No me era posible hacer que guardara silencio y tampoco me era posible mirar a Boris. Entonces sentí una mano sobre mi hombro y Boris volvió hacia mí su rostro extenuado.

—Alec, no es tu culpa. No te entristezcas si te ama...

Pero no pudo culminar la frase, el doctor entró velozmente en la habitación, diciendo:

—¡Oh, la fiebre!

Tomé del brazo a Jack Scott y me fui con él a la calle, diciendo:

—Boris desea estar solo.

Atravesamos la calle para ir a nuestros apartamentos y esa noche, al advertir que yo también me enfermaría, Jack fue a buscar al doctor de nuevo. Lo último que recuerdo haber escuchado con claridad fue que Jack preguntaba:

—¡Por Dios, doctor! ¿Qué enfermedad puede tener para que se le haya puesto el rostro así?

Y yo recordé a *El Rey de Amarillo* y la máscara pálida.

Me vi muy enfermo, ya que la tensión que experimenté durante dos años, desde aquella mañana de mayo en que Geneviève declaró: «Te quiero, pero creo que amo más a Boris», finalmente me afectó. Nunca llegué a imaginar que podría superar mi capacidad de tolerancia. Aparentemente tranquilo, me había mentido a mí mismo. Aunque la furiosa lucha interior ocurría noche tras noche en la soledad de mi habitación, me maldecía por tener desleales e ingratos pensamientos para con Boris e indignos con Geneviève, aunque cada mañana me traía consuelo y regresaba a Geneviève y a mi querido Boris con el corazón lavado por la tormenta de la noche.

Nunca, de palabra, hecho o pensamiento, había mostrado mi dolor frente a ellos, ni tampoco a mí mismo.

La máscara del autoengaño dejó de ser una máscara para mí, ella era una parte de mí mismo. Cada noche la retiraba dejando al descubierto la sofocada verdad que se hallaba debajo de ella, pero no había nadie que pudiera verla excepto yo mismo, y cuando llegaba el día, la máscara volvía a ajustarse nuevamente de manera espontánea. Estos pensamientos circulaban por mi mente alterada mientras yacía enfermo, pero se hallaban irremediablemente unidos a visiones de seres blancos, pesados como la piedra, que se arrastraban en la tina de Boris; de la cabeza de lobo que se hallaba sobre la alfombra que, con la boca espumante, intentaba morder a Geneviève, quien se encontraba tendida sonriente a su lado. También pensaba en el Rey de Amarillo cubierto con los fantásticos colores de su andrajosa capa y el triste grito de Cassilda: «¡A nosotros no, oh rey, a nosotros no!». Febrilmente batallaba por alejarlo de mí, pero observaba el lago de Hali, incoloro e inerte, sin onda ni viento que lo agitara, y podía ver las torres de Carcosa detrás de la luna. Aldebarán, las Híades, Alar, Hastur avanzaban entre las nubes desgarradas que se agitaban y flameaban igual que los andrajos bordados del Rey de Amarillo. Sin embargo, un pensamiento sano flotaba entre todos estos. Jamás variaba, no importa qué estuviera ocurriendo en mi mente desordenada: que el motivo fundamental de mi existencia era complacer alguna demanda de Boris y Geneviève. Nunca logré ver con claridad en qué consistía tal obligación. Por momentos parecía protección, otros, apoyo en medio de una profunda crisis. Pero fuera lo que fuera, toda la responsabilidad recaía sobre mí y nunca llegué a sentirme tan débil o tan enfermo que no tuviera la disposición de responder con todo mi aliento. Siempre me vi rodeado por un montón de rostros, desconocidos en su mayoría, aunque lograba reconocer algunos, el de Boris entre ellos. Más tarde me dijeron que esto era imposible, pero estoy seguro de que al menos una vez se inclinó sobre mí. Fue solo un roce, un ligerísimo sonido de su voz, luego mis sentidos se nublaron de nuevo y lo perdí, pero él se encontraba allí, y al menos en una oportunidad se inclinó sobre mí.

Finalmente, una mañana desperté. La luz del sol bañaba mi cama y Jack Scott se encontraba leyendo a mi lado. No tenía suficiente energía como para hablar en voz alta, tampoco me era posible pensar y menos aún recordar, pero sonreí débilmente cuando Jack me miró. Se levantó de un salto y afanoso me preguntó si necesitaba algo. Pude susurrar:

—Sí, a Boris.

Jack fue hacia la cabecera de mi cama y se inclinó para enderezar la almohada; no pude verle la cara, pero me contestó amablemente:

—Alec, tienes que esperar un poco, aún estás demasiado débil para ver a Boris.

Aguardé y me fortalecí. En pocos días pude ver a quien deseaba ver, mientras tanto había pensado y recordado. Desde el instante en que el pasado se hizo claro para mí, ni por un momento puse en duda lo que haría cuando llegara el momento, y me sentí absolutamente seguro de que Boris habría tomado las mismas medidas en lo que a él se refería. En cuanto a aquello que era de mi incumbencia, sabía que él vería las cosas igual que yo. No pedí ver a nadie más. Tampoco pregunté por qué no llegaba ningún mensaje de ellos. Aún más, durante esa semana que permanecí acostado, esperando y fortaleciéndome, no escuché mencionar su nombre ni una sola vez. Turbado por mi propia búsqueda del camino correcto y mi frágil pero decidida lucha en contra de la impaciencia, sencillamente acepté la evasiva de Jack, teniendo la seguridad de que no se animaba a mencionarlos por temor a que me volviera inmanejable e insistiera en verlos. Durante ese tiempo me repetía, una y otra vez, cómo serían las cosas cuando nuestras vidas recomenzaran de nuevo. Retomaríamos nuestras relaciones tal como habían sido antes de que Geneviève se enfermara. Boris y yo podríamos mirarnos a los ojos y no habría ni aversión, ni cobardía, ni desengaño en esa mirada. Permanecería una corta temporada en la anhelada intimidad de su hogar y después, sin dar explicaciones, desaparecería de sus vidas para siempre. Boris entendería, Geneviève… mi único consuelo era que ella no lo sabría nunca. Cuando volví a pensar en ello, me pareció que finalmente había descubierto qué significaba esa sensación de obligación que no me dejó ni un instante durante mi delirio, y la única respuesta que le era posible. De manera que, cuando estuve listo, le hice señas a Jack para que se acercara y le pedí:

—Jack, quiero ver a Boris de inmediato, y lleva mis cordiales saludos a Geneviève.

Cuando finalmente logró que entendiera que ambos habían muerto, la ira que se apoderó de mí fue tan grande, que mis exiguas fuerzas de convaleciente quedaron disminuidas a átomos. Me enfurecí y maldije hasta sufrir una recaída, de la que logré salir después de una semana arrastrándome, transformado en un joven de veintiún años persuadido de haber perdido su juventud para siempre. Creía haber perdido la capacidad de sufrir aún más, y un día, cuando Jack me entregó una carta y las llaves de la casa de Boris, las tomé temblando y le rogué que me lo contara todo. Era cruel de mi parte pedírselo, pero tampoco era posible no hacerlo. Entonces, Jack se apoyó fatigosamente sobre sus finas manos para reabrir la herida que nunca podría cicatrizar por completo. Comenzó a hablar con voz muy calmada.

—Alec, a menos que poseas una clave de la que yo no sepa nada, no podrás hallar más explicación que yo de lo que ha ocurrido. Imagino que preferirías no oír estos detalles, pero debes conocerlos, de otra manera te ahorraría la narración. Dios sabe que me gustaría hacerlo. Por lo que usaré pocas palabras.

Aquel día en que te dejé bajo el cuidado del doctor y regresé a casa de Boris, lo hallé trabajando en *Las Parcas*. Geneviève, mencionó, se encontraba dormida bajo el efecto de sedantes, ya que había estado totalmente fuera de sí. Él continuó trabajando sin pronunciar palabra y yo permanecí observándolo. Antes de que pasara mucho tiempo, noté que la tercera figura del grupo, la que observa hacia el frente por encima del mundo, tenía el rostro de Geneviève. No como nunca la viste, sino cómo lucía en ese entonces y como lució hasta el último momento. Me gustaría hallar una explicación para ello, pero eso no será posible.

Bien, él seguía trabajando y yo mirándolo en silencio, y así permanecimos casi hasta la medianoche. Entonces, escuchamos una puerta que se abría y se cerraba después de un porrazo y una veloz carrera en el cuarto de al lado. Boris salió corriendo por la puerta y yo salí detrás de él, pero llegamos demasiado tarde. Ella se encontraba en el fondo de la alberca con sus manos cruzadas sobre el pecho, entonces, Boris se disparó en medio del corazón. —Jack guardó silencio, tenía gotas de sudor sobre su frente y las delgadas mejillas le temblaban—. Llevé a Boris hasta su habitación. Después regresé y eliminé el infernal líquido de la alberca y, dejando que el agua corriera, lavé el mármol hasta la última gota. Cuando finalmente me atreví a bajar aquellos peldaños, la hallé tendida allí, blanca como la nieve. Por último, después de decidir cuál sería la mejor medida a tomar, fui al laboratorio y arrojé la solución del cuenco en el tubo de evacuación, después, arrojé el contenido de todas las demás botellas y los demás frascos. Había leña en la chimenea, así que hice un fuego y, rompiendo la cerradura del gabinete de Boris, quemé todos sus papeles, sus cuadernos de notas y las cartas que allí se encontraban. Con un mazo que encontré en el estudio, hice añicos todas las botellas vacías y, arrojándolas en un cubo para carbón, las trasladé al sótano y las lancé al suelo calentado al rojo vivo. Hice el mismo viaje seis veces, y finalmente no quedó ni el menor vestigio de algo que pudiera servir para reencontrar la fórmula que Boris había descubierto. Ya por último, en ese momento me atreví a llamar al doctor. Es un buen hombre y ambos luchamos por guardar el secreto frente al público. Sin su ayuda yo jamás lo habría conseguido. Finalmente, pagamos a los sirvientes y los enviamos al campo, donde el viejo Rosier los mantiene calmados con los cuentos de los viajes de Boris y Geneviève por tierras lejanas de donde no regresarán en mucho tiempo. Sepultamos a Boris en el pequeño cementerio de Sèvres. El doctor es un buen hombre y tuvo misericordia de alguien a quien no le fue posible soportar nada más. En su certificado de defunción mencionó una enfermedad cardíaca y no me hizo preguntas.

Entonces, levantando la cabeza de sus manos, dijo:

—Alec, abre la carta, es para los dos.

Abrí el sobre. Era el testamento de Boris fechado un año atrás. Legaba todo a Geneviève, y en el caso de que ella falleciera sin tener hijos, yo debía encargarme de la casa de la *rue Sainte-Cécile* y Jack Scott de la administración en Ept. Al fallecer nosotros, todas sus propiedades debían regresar a la familia de su madre en Rusia, salvo los mármoles esculpidos por él. Esos me los legó a mí.

El papel se nubló frente a nuestros ojos y Jack se levantó, dirigiéndose hacia la ventana. De inmediato regresó y se sentó nuevamente. Yo sentí miedo de escuchar lo que iba a decir, pero él volvió a hablar con la misma humildad y gentileza.

—Geneviève se encuentra frente a la Madona en el cuarto de mármol. La Madona está inclinada cariñosamente sobre ella y Geneviève le sonríe a ese rostro sereno que nunca habría existido de no haber sido por ella.

Se le quebró la voz, y me tomó la mano diciendo:

—Ánimo, Alec.

Al día siguiente partió hacia Ept para cumplir con su nuevo encargo.

IV

Esa misma tarde tomé las llaves y fui a la casa que conocía tan bien. Todo se encontraba en orden, pero el silencio era espantoso. Aunque me dirigí un par de veces hasta la puerta del cuarto de mármol, no pude entrar. Era algo más fuerte que yo. Me dirigí al cuarto de fumar y me senté frente al clavicordio. Encima del teclado se hallaba un pañuelito de encaje y me alejé sofocado por la tristeza. Estaba claro que no podía permanecer allí, de manera que cerré todas las puertas, todas las ventanas y los tres portales delanteros y traseros, y me fui. Al día siguiente, Alcide preparó mi equipaje y, dejándolo encargado de mis apartamentos, me subí al *Orient Express* en dirección a Constantinopla. Durante el par de años, que recorrí el Oriente, al comienzo nunca nombrábamos ni a Geneviève, ni a Boris en nuestras cartas, pero poco a poco sus nombres fueron apareciendo en ellas. Recuerdo especialmente un párrafo, de una de las cartas de Jack, respondiendo una de las mías.

Lo que mencionas de que viste a Boris inclinándose sobre ti, y que rozó tu cara y que escuchaste su voz, por supuesto, me aturde. Lo que narras debió haber ocurrido una semana después de su muerte. Me digo a mí mismo que te hallabas delirando y que eso es parte de aquel delirio, pero la explicación no me complace, y tampoco te complacerá a ti.

Casi terminando el segundo año me llegó una carta de Jack a la India tan diferente a todo lo que había conocido de él que decidí regresar de inmediato a París. Escribió:

Estoy bien y vendo todos mis cuadros igual que los artistas que no precisan dinero. No tengo ninguna preocupación, pero estoy tan preocupado como si las tuviera. No logro deshacerme de una extraña ansiedad por ti. No es aprensión, es más bien una rara expectativa de Dios sabe qué. Solo puedo decir que me está agotando. Durante la noche, siempre sueño contigo y con Boris. Nunca puedo recordar nada después, pero a la mañana siguiente me despierto con el corazón palpitante y durante el día la agitación va en aumento hasta que por la noche me vuelvo a quedar dormido para repetir la misma experiencia. Esto me tiene muy alterado, y he decidido poner fin a tan enfermiza situación. Tengo que verte. ¿Debo ir a Bombay o tú vendrás a París?

Le envié un telegrama diciéndole que me esperara en el próximo barco.

Cuando nos vimos, me pareció que había cambiado muy poco; mientras que yo, insistió, disfrutaba de una salud espléndida. Me alegró volver a oír su voz, y mientras nos sentábamos a conversar sobre aquello que la vida aún nos deparaba, compartimos el agradable sentimiento que era estar vivos en el luminoso clima primaveral.

Permanecimos juntos en París durante una semana y luego fui con él a Ept una semana más, pero antes de ello fuimos a visitar el cementerio de Sèvres donde estaba sepultado Boris.

—¿Pondremos *Las Parcas* en el bosquecillo sobre su ataúd? —preguntó Jack.

—Pienso que solo la *Madona* debería cuidar la tumba de Boris —contesté.

Pero mi regreso no mejoró para nada la condición de Jack. Los sueños de los que no podía recordar ni el más mínimo esbozo continuaron, y manifestaba que la sensación de intensa expectativa le resultaba asfixiante por momentos.

—Ya ves que te estoy haciendo mal en lugar de bien —le señalé—. ¿Por qué no intentas un cambio de vida sin mí?

De manera que comenzó un viaje entre las islas del

Canal y yo volví a París. Desde mi regreso no había ido a la casa de Boris que ahora era mía, pero era consciente de que tendría que hacerlo. Jack la había mantenido ordenada y había sirvientes en ella, de manera que dejé mi propio apartamento y me fui a vivir allí. En lugar de la inquietud que había temido, advertí que allí podía pintar serenamente. Inspeccioné todos los cuartos… menos uno. No lograba decidirme a entrar en el cuarto de mármol donde se encontraba Geneviève, no obstante, día tras día sentía crecer el deseo de ver su cara y de arrodillarme a su lado.

Una tarde de abril, me encontraba acostado soñando en el cuarto de fumar, igual que lo había estado un par de años atrás, y mecánicamente comencé a buscar la piel de lobo entre las oscuras alfombras orientales. Por fin hallé las orejas puntiagudas y la fiera cabeza achatada, y recordé aquel sueño en el que había observado a Geneviève reclinada a su lado. Los yelmos aún se hallaban colgados sobre los raídos tapices, entre ellos, un antiguo morrión español que Geneviève se había colocado una vez cuando jugábamos con aquellas viejas armaduras. Observé de nuevo el clavicordio, cada una de las teclas amarillentas parecía dar voz a su mano acariciante, entonces me levanté, hechizado por la fuerza de la pasión de mi vida, y me dirigí hacia la puerta cerrada del cuarto de mármol. Las pesadas puertas abrieron hacia adentro empujadas por mis manos temblorosas. La luz del sol se colaba por la ventana tiñendo de dorado las alas de Cupido y se posaba igual que una aureola sobre la frente de la Madona. Su dulce rostro se inclinaba amorosa sobre una forma de mármol tan delicadamente pura, que me arrodillé y me santigüé. Geneviève yacía en la sombra bajo la Madona, no obstante, a través de sus blancos brazos podía ver la pálida vena azul, y debajo de sus manos ligeramente cruzadas, los pliegues de su traje estaban teñidos de rosa, como si una cálida luz brotara de alguna parte adentro de su pecho.

Inclinándome, con el corazón destrozado, rocé con mis labios los pliegues de mármol y regresé al interior de la muda residencia.

Una doncella se aproximó y me entregó una carta. Me senté en el pequeño conservatorio para leerla, pero cuando estaba a punto de abrirla, noté que la joven no se marchaba y le pregunté qué quería.

Murmuró algo sobre un conejo blanco que había sido capturado en la casa y me preguntó qué debía hacerse con él. Le indiqué que lo dejara suelto en el jardín cercado detrás de la casa y abrí el sobre. Era una carta de Jack, pero tan poco coherente que pensé que había perdido la razón. Solo eran una serie de ruegos pidiéndome que no dejara la casa hasta que él regresara; no podía decirme la razón, eran los sueños, mencionaba. No tenía posibilidad de explicar nada más, pero estaba convencido de que no debía dejar la casa de la *rue Sainte-Cécile*.

Cuando terminé la lectura, levanté la vista y observé en la puerta a la misma sirvienta sosteniendo una pecera de cristal en la que se movían dos pececillos dorados.

—Ponlos nuevamente en el tanque y dime por qué me interrumpes —le ordené.

Con un sollozo reprimido a medias, vació el agua y

los peces en un acuario que se encontraba en un rincón del conservatorio y, volviéndose hacia mí, me solicitó permiso para dejar su puesto a mi servicio. Mencionó que la gente se estaba mofando de ella, claramente con el objetivo de perjudicarla. Habían robado el conejo de mármol y habían dejado otro vivo en la casa. Los dos hermosos peces de mármol habían desaparecido y acababa de hallar estos dos, vivos, saltando en el suelo del comedor. La tranquilicé y la despedí, diciéndole que yo mismo estaría vigilante. Me dirigí al estudio y allí no había nada aparte de mis telas y algunas estatuillas, salvo el lirio pascual de mármol. Lo observé encima de una mesa al otro lado del cuarto. Me acerqué a él con disgusto. Pero cuando levanté la flor de la mesa estaba fresca y delicada, y llenaba el aire con su aroma.

Entonces, entendí y rápidamente crucé la puerta y corrí hacia el cuarto de mármol. Abrí las puertas bruscamente, la luz del sol me iluminó la cara a través de ellas, la Madona sonreía mientras Geneviève levantaba su rostro sonrosado de su lecho de mármol y abría sus somnolientos ojos.

En la corte del Dragón

Oh, tú, que en tu corazón te quemas
por todos aquellos que arden en el infierno,
cuyos fuegos animas a tu vez;
¿Cuánto crecerá el grito: Ten piedad de ellos, Señor?
¡Vaya! ¿Y quién eres tú para enseñar y Él para aprender?

En la iglesia de St. Barnabé las vigilias habían terminado; el clérigo dejó el altar; los pequeños niños del coro cruzaron el púlpito y ocuparon su lugar en el banco. Un suizo de ostentoso uniforme caminó por el pasillo sur haciendo repicar su bastón sobre el suelo de piedras, cada cuatro pasos, detrás de él venía ese locuaz predicador y buen hombre que es *Monseigneur* C.

Mi butaca se encontraba próxima a la baranda del altar. Me volví hacia el lado oeste de la iglesia. Los otros que estaban entre el altar y el púlpito también se volvieron. Se escuchó algún arrastrar de pies y algún crujido de telas mientras la congregación se acomodaba nuevamente. El predicador subió al púlpito y el órgano guardó silencio.

Siempre había creído que la música del órgano en St. Barnabé era sumamente interesante. Letrada y científica, era mucho para mis pocos conocimientos, pero transmitía una vivaz inteligencia, aunque fría. Asimismo, poseía la francesa condición del gusto. El gusto reinaba sobresaliente, autocontrolado, orgulloso y circunspecto.

Sin embargo, hoy, desde la primera nota, había reconocido un cambio para mal, un cambio siniestro. Durante las vigilias, había sido fundamentalmente el órgano del altar el que había acompañado al hermoso coro, pero eventualmente, de forma del todo caprichosa, según parecía, desde el corredor del oeste donde se hallaba el gran órgano, una mano pesada había penetrado en la iglesia alterando la calmada paz de esas límpidas voces. Era algo más que rigidez y disonancia, y revelaba no poca habilidad. Mientras arrollaba una y otra vez, recordé aquello que mis libros de arquitectura mencionaban sobre la vieja costumbre de bendecir el coro no bien se formaba, y la nave, que a veces se concluía medio siglo más tarde, con frecuencia permanecía sin bendición alguna. Imaginativo, me pregunté si este no sería el caso de St. Barnabé y algo, que no se debía apreciar, se habría apoderado del corredor del lado oeste. Yo había leído que cosas como esas también ocurrían, pero no en obras de arquitectura.

Entonces vino a mi memoria que St. Barnabé apenas tenía algo más de cien años, y sonreí frente a la incompatible vinculación de las supersticiones medievales con esa alegre y pequeña pieza del rococó del siglo XVIII.

Pero las vigilias ya habían terminado y deberían haber continuado unos cuantos acordes serenos, apropiados para acompañar la reflexión, mientras esperábamos el sermón. En cambio, la discordancia en el extremo oeste de la iglesia surgió junto al retiro del clérigo como si no hubiera nada que pudiera controlarla.

Pertenezco a los hijos de una generación más antigua y sencilla a quienes no les gusta buscar sutilezas psicológicas en el arte, y siempre me he negado a buscar en la música algo más que melodía y armonía, pero pude intuir que en el laberinto de sonidos que brotaban de ese instrumento se estaba persiguiendo a alguien. Arriba y abajo los pedales iban detrás de él, mientras el teclado vociferaba su aprobación. ¡Pobre ser! Quienquiera que fuera no parecía tener ninguna esperanza de escapar.

Mi incomodidad nerviosa se convirtió en disgusto. ¿Quién sería el que estaba haciendo aquello? ¿Cómo osaba tocar de ese modo en medio del servicio divino? Observé a la gente a mi alrededor: nadie parecía incómodo para nada. Las serenas frentes de las monjas de rodillas, mirando aún hacia el altar, no habían perdido ni un poco de su piadosa abstracción bajo la delicada sombra de sus blancos tocados. La elegante señora que se encontraba junto a mí, miraba expectante a *Monseigneur* C. Por lo que su cara expresaba, el órgano podría haber estado interpretando el Ave María.

Pero finalmente, en este momento el predicador hizo el signo de la cruz y ordenó guardar silencio. Me giré hacia él de buen grado. Hasta ese momento no había encontrado el descanso que había ido a buscar cuando entré a St. Barnabé esa tarde.

Estaba exhausto por tres noches de padecimiento físico y perturbación mental. La última había sido la peor, y era mi cuerpo extenuado y mi mente obnubilada, aunque agudamente sensible, lo que había llevado hasta mi iglesia favorita para su sanación, porque me había puesto a leer *El Rey de Amarillo*.

El sol se alza, ellos se reúnen y yacen en sus guaridas… *Monseigneur* C. leía su texto con voz calmada, mirando serenamente a la congregación. No sé por qué, orienté la mirada hacia el extremo más alejado de la iglesia. El organista salía detrás de los tubos y, al pasar por el corredor, lo vi esfumarse por una pequeña puerta que lleva hacia unas escaleras que van directamente a la calle. Era un hombre esquelético y tenía el rostro tan blanco como negro era su abrigo.

«¡Que te vaya bien con tu malvada música!, pensé. Espero que tu ayudante interprete el final».

Con una sensación de alivio, con una profunda y calmada sensación de alivio, me volví hacia el honesto rostro del púlpito, y me dispuse a oírlo. Al fin, aquí se encontraba la paz mental que deseaba.

—Hijos míos —dijo el predicador—, existe una verdad que el alma humana supone la más compleja de aprender: que no tiene nada que temer. Nunca aprende que no existe nada que puede dañarla en realidad.

«¡Extraña doctrina, pensé, para un párroco católico! Vamos a ver cómo concilia eso con los Padres».

—En realidad, nada puede dañar el alma —continuó con su voz más serena y clara— porque…

Pero no escuché el resto, no sé por qué razón mi vista se apartó de su cara y buscó el extremo más alejado de la iglesia. El mismo individuo salía de atrás del órgano y avanzaba por el corredor siguiendo el mismo camino. Pero él no había tenido tiempo de regresar y si hubiera regresado yo lo habría visto. Sentí un leve escalofrío y el corazón me dio un vuelco, a pesar de ello, sus idas y venidas no eran nada que me interesara. Lo observé. No lograba apartar la vista de su oscura figura y su pálido rostro. Cuando estuvo exactamente frente a mí, se volvió y me lanzó, a través de la iglesia, una mirada de odio tan intensa y mortal que jamás he visto algo parecido. ¡Ojalá que nunca vuelva a verla! Entonces se esfumó por la misma puerta por la que lo había visto salir hacía menos de sesenta segundos.

Permanecí sentado e intenté ordenar mis pensamientos. Mi primera sensación fue igual a la de un niño muy pequeño que ha sufrido una herida y retiene el aliento antes de gritar.

Descubrir de repente que yo era objeto de semejante odio era exquisitamente doloroso… y ese hombre era un absoluto extraño. ¿Por qué iba a odiarme de ese modo, a mí, a quien nunca había visto antes? Por un instante, mis demás sensaciones se fundieron en esta única angustia. Hasta el miedo se hallaba subordinado a aquella tristeza y en ese momento no tuve la menor duda, pero luego comencé a pensar y cierto sentido de la incoherencia llegó en mi ayuda.

Como he mencionado, St. Barnabé es una iglesia actual. Pequeña y bien iluminada, uno logra abarcarla casi toda en una sola ojeada. La galería del órgano recibe una fuerte luz blanca proveniente de una larga fila de ventanas bajas en el corredor que ni siquiera tienen vidrios de color.

Como el púlpito se encuentra en medio de la iglesia, cuando miraba hacia él, todo aquello que se moviera en el lado oeste no quedaría fuera de mi vista. No era raro que hubiera visto caminar al organista, simplemente había calculado mal el tiempo entre su primera y su segunda aparición. Durante ese lapso había entrado por la otra puerta lateral. Y en relación con aquella mirada que tanto me había perturbado, nunca la hubo y yo solo era un tonto víctima de mi propio nerviosismo.

Observé a mi alrededor. Era un lugar propicio para dar hospedaje a espantos sobrenaturales. El regular y razonable rostro de *Monseigneur* C., sus calmados modales, sus gestos elegantes y graciosos ¿no desanimaban un poco la idea de un espantoso misterio? Vi sobre su cabeza y faltó poco para que comenzara a reírme. Esa caprichosa señora que sostenía una esquina del banderín del púlpito, que parecía un mantel de damasco con flecos al viento, al primer intento de un basilisco de posarse en el pasillo del órgano, lo apuntaría con su trompeta de oro y acabaría con su existencia. Me reí a solas de aquella ocurrencia que me pareció muy divertida en ese momento, y permanecí sentado burlándome de mí mismo y de las demás personas: de la vieja arpía que se encontraba fuera de la baranda y que me había obligado a pagar diez céntimos por aquel asiento antes de dejarme pasar (pensé que se parecía mucho más a un basilisco que el organista de esquelética apariencia); desde aquella tétrica anciana mujer hasta… ¡ay, sí! hasta el mismísimo *Monseigneur* C., porque toda devoción se había esfumado. Nunca había hecho nada similar en mi vida, pero en este momento sentía deseos de burlarme.

En cuanto al sermón, de él no recuerdo ni una sola palabra, pues en mis oídos solo escuchaba:

De cuaresma nos ha endilgado
catorce sermones el predicador,

untuosos y largos, y muy aburridos.

Al ritmo de los pensamientos más fabulosos e irreverentes.

Ya no tenía sentido continuar sentado allí. Debía salir afuera y librarme de este antipático estado de ánimo. Sabía la insolencia que estaba cometiendo, pero me levanté y salí de la iglesia.

El sol de primavera resplandecía en la *rue St. Honoré* mientras descendía corriendo la escalinata de la iglesia. En una esquina se encontraba una carretilla llena de junquillos amarillos, claras violetas de la Riviera, intensas violetas rusas, y blancos jacintos romanos en medio de una dorada nube de mimosas. La calle se hallaba llena de gente endomingada buscando placer. Hice dar vueltas a mi bastón y reí junto con ellos. Un individuo me alcanzó y continuó de largo. No se volvió, pero en su pálido perfil había la misma mortal perversidad que había en sus ojos. Le observé todo el tiempo que estuvo al alcance de mi vista. Su delgada espalda expresaba la misma amenaza y cada paso que lo alejaba de mí parecía conducirlo a algún hecho vinculado con mi destrucción.

Me moví arrastrándome. Mis pies prácticamente se negaban a moverse. Comenzó a surgir en mí cierto sentimiento de responsabilidad por algo largamente olvidado. Comenzó a darme la impresión de que merecía aquello con lo que él me amenazaba: era algo que se remontaba mucho tiempo atrás… muy, muy atrás. Había estado dormido todos estos años, no obstante, seguía allí, y no tardaría en resurgir y darme la cara. Pero, trataría de escapar, y caminé con dificultad por la *rue de Rivoli*, crucé lo mejor que pude la *Place de la Concorde* hasta el *Quai*. Observé con ojos enfermos al sol que deslumbraba a través de la blanca espuma de la fuente, derramándose encima de la espalda, de oscuro bronce, de los dioses del río en el alejado extremo del Arco, una estructura de niebla amatista, sobre las incontables vistas de tallos grises y ramas desnudas ligeramente verdes. Entonces, lo vi otra vez, bajando por uno de los caminos de castaños del *Cours la Reine*.

Abandoné la orilla del río, me lancé a ciegas dentro de los *Champs Elysées* y caminé hacia el Arco. El sol poniente lanzaba sus rayos a lo largo del césped verde de la punta del *Rond*. Bajo aquel resplandor, él se hallaba sentado en un banco rodeado por niños y por madres. No era más que un ocioso un día domingo, como cualquier otro, como yo mismo. Mencioné las palabras casi en voz alta, sin dejar de percibir el odio maligno que reflejaba en su rostro. Pero él no me veía. Pasé sigilosamente junto a él y arrastré mis pies de plomo por la avenida. Había entendido que cada vez que me encontrara con él, el cumplimiento de su propósito y mi destino estarían cada vez más cerca. Y aun así traté de salvarme.

Los últimos rayos del atardecer se colaban a través del gran arco. Crucé por debajo de él, y me lo encontré cara a cara. Yo lo había dejado muy atrás en *los Champs Elysées,* no obstante, se acercaba con un montón de gente que regresaba del *Bois de Boulogne*. Se me aproximó tanto que me rozó. Su endeble cuerpo parecía como de hierro dentro de su holgada cubierta negra. No mostraba signos de prisa, ni de fatiga, ni de ningún sentimiento humano. Todo su ser expresaba una sola cosa: la voluntad y el poder de hacerme daño.

Angustiado, lo vi caminar por la amplia avenida llena de gente, en la que relumbraban las ruedas, las riendas de los caballos y los cascos de la *Garde Republicaine*.

En ese momento lo perdí de vista. Entonces, di la vuelta y hui. Al *Bois* y mucho más allá todavía... no sé a qué lugar fui, pero después de un largo rato, me di cuenta de que la noche había caído y me hallé sentado a la mesa frente a un pequeño café. Había vuelto a vagar por el Bois. Habían pasado varias horas desde la última vez que lo había visto. El agotamiento físico y la ansiedad mental no me dejaban ninguna capacidad para pensar o sentir. Estaba exhausto... ¡tan exhausto! Deseaba protegerme en mi propia guarida. Decidí regresar a casa. Pero había que recorrer una larga distancia.

Vivo en el Patio del Dragón, un estrecho callejón que va de la *rue de Rennes* a la *rue del Dragón*.

Era un callejón transitable solo por transeúntes. En la entrada de la *rue de Rennes* se encuentra un balcón sostenido por un dragón de hierro. Dentro del patio, a los dos lados, se alzan viejas casas muy altas y estas cierran los extremos que finalizan en ambas calles. Grandes portones giran en los goznes de profundos arcos en horas del día y cierran el patio cuando llega el anochecer, teniendo uno que llamar a ciertas puertecitas a los lados para poder entrar. La calle hundida acumula insalubres charcos. Elevadas escaleras bajan hasta las puertas que se abren en el patio. Las plantas bajas se hallan ocupadas por negocios de artículos de segunda mano y por herreros. Y durante todo el día, en el lugar se escuchan el golpe de los martillos y las barras de metal.

Por más desagradable que sea la parte de abajo, arriba hay alegría, comodidad, y trabajo duro y honesto.

Cinco pisos más arriba están los talleres de arquitectos y pintores, y las moradas de estudiantes de mediana edad como yo, que desean vivir solos. Cuando llegué a vivir en este lugar era joven y no me encontraba solo…

Tuve que caminar un largo rato antes que un vehículo conveniente apareciera, pero finalmente, cuando casi había llegado de nuevo al Arco de Triunfo, vino un coche vacío y subí a él.

Desde el arco hasta la *rue de Rennes* hay un recorrido de más de media hora, en especial, cuando uno es desplazado por un caballo cansado que ha estado al servicio de aquellos que pasean los domingos.

Antes hubo tiempo de cruzar bajo las alas del Dragón, de toparme con mi enemigo una y otra vez, pero no volví a verlo y mi refugio ahora no estaba tan lejos.

Frente al portón se hallaba jugando un grupo de niños. Nuestro conserje y su esposa se hallaban entre ellos, junto a su perro de lanas negro, defendiendo el orden. En la acera algunas parejas danzaban. Les devolví el saludo y entré rápidamente.

Todos los moradores del patio habían salido a la calle. El lugar estaba totalmente solo, iluminado por unas pocas lámparas que colgaban en lo alto y en las que el gas se quemaba opacado.

Mi apartamento se encontraba en el último piso de la casa sobre el medio del patio, y se accedía a él por una escalera que bajaba casi hasta la misma calle, dejando libre únicamente un delgado pasaje. Puse el pie en el marco de la puerta abierta, la vieja y amistosa escalera se elevaba ante mí para llevarme hacia el descanso y la seguridad. Pero al mirar sobre mi hombro derecho, lo vi a diez pasos de distancia. Seguro entró en el patio conmigo.

Venía directo, ni lenta ni velozmente, sino directo hacia mí. Y ahora me estaba observando. Por primera vez, desde el momento en que nuestras miradas se cruzaron en la iglesia, volvían a encontrarse de nuevo, entonces supe que había llegado la hora.

Retrocediendo por el patio, me enfrenté a él. Yo tenía la intención de huir por la entrada de la *rue del Dragón*. Su mirada me dijo que no podría escapar.

Parecieron pasar siglos mientras yo caminaba hacia atrás y él avanzaba por el patio en absoluto silencio; pero al fin percibí la sombra del arco y el paso siguiente me llevó adentro. Tuve la intención de dar la vuelta y de un salto huir a la calle. Pero la sombra no era de un arco, era la de una bóveda. Las inmensas puertas de la *rue del Dragón* estaban cerradas. Me di cuenta por la negrura que me rodeaba, y en ese preciso momento pude leer su rostro. ¡Cómo brillaba su rostro en aquella oscuridad mientras se aproximaba a mí! La profunda bóveda, las grandes puertas cerradas, los helados cerrojos de hierro estaban todos de su lado. Aquello con lo que me había atemorizado estaba allí: se reunía y pesaba sobre mis hombros en aquellas indescifrables sombras, y el lugar desde donde atacaría eran sus infernales ojos. Sin ninguna esperanza, apoyé mi espalda contra las puertas cerradas y lo reté.

Se escuchó el arrastrarse de las sillas en el suelo de piedra y el crujir de los vestidos al ponerse de pie la congregación. Podía escuchar a la guardia suiza en el pasillo sur precediendo a *Monseigneur* C. Se oyó el roce de las sillas en el suelo de piedra y el crujido de la congregación al levantarse. Pude oír el bastón del suizo en la nave sur, precediendo a *Monseigneur* C. a la sacristía.

Las monjas arrodilladas, despegadas de su devota abstracción, hicieron una reverencia y se marcharon. La dama de moda, mi vecina, también se puso de pie con elegante prudencia. Cuando se retiró, su mirada se posó sobre mi rostro con un gesto de desaprobación.

Casi muerto, o eso creí, pero poderosamente vivo ante cada nimiedad, permanecí sentado entre la multitud que se movía pausadamente, después me levanté también y fui hacia la puerta.

Me había quedado dormido durante todo el sermón. Pero, ¿lo había estado en realidad? Levanté la mirada y lo observé pasar por el corredor y dirigirse a su sitio. Solo pude verlo de lado; su delgado brazo dentro de su negra cobertura parecía uno de esos diabólicos instrumentos sin nombre que se encuentran en las cámaras de tortura inutilizadas en los castillos medievales.

Pero me había librado de él a pesar de que su mirada me había dicho que no podría hacerlo. Pero, ¿me había escapado de él? Del olvido, donde yo había tenido el anhelo de dejarlo, regresó aquello que le daba poder sobre mí. Porque ahora lo reconocí. La muerte y la terrible morada de las almas perdidas, donde mi agotamiento lo había enviado hace mucho tiempo, lo habían transformado ante cualquier mirada, pero no ante la mía. Yo lo reconocí casi desde el principio, ni un instante dudé de lo que se proponía hacer, y ahora estaba consciente de que mientras mi cuerpo se encontraba sentado a salvo y protegido en la pequeña iglesia, él había estado acosando mi alma en el Patio del Dragón.

Fui a rastras hacia la puerta. El órgano tronó en lo alto con un bullicio. Una resplandeciente luz llenó la iglesia de tal manera que borró el altar ante mis ojos. La gente se esfumó, los arcos y el techo abovedado también desaparecieron. Orienté mis ojos resecos al impenetrable resplandor y pude ver las estrellas negras en el cielo, y los húmedos vientos del lago de Hali me congelaron el rostro.

Y ahora, en la distancia, sobre leguas y leguas de sombrías olas agitadas, vi la luna con perlas de rocío, y más allá, las torres de Carcosa se divisaban detrás de la luna.

La muerte y la terrible morada de las almas perdidas, donde mi agotamiento lo había enviado hacía mucho tiempo, lo habían transformado ante cualquier mirada, pero no ante la mía. Y ahora, escuché su voz que se elevaba, crecía, estallaba en aquella luz resplandeciente, y al caer yo, el resplandor que crecía más y más arrojaba sobre mí olas de fuego. Entonces me sumergí en las profundidades y escuché al Rey de Amarillo que le decía a mi espíritu:

—¡Es algo terrible ser atrapado por las garras del Dios vivo!

La calle de los cuatro vientos

I

El animal se detuvo en el umbral, en alerta interrogativa, listo para huir si era necesario. Severn dejó la paleta y le tendió una mano de bienvenida. La gata permaneció inmóvil, con sus ojos amarillos clavados en Severn.

—Gata —dijo, con su voz baja y agradable—, entra.

La punta de su fina cola se agitó con incertidumbre.

—Entra —dijo de nuevo.

Al parecer, su voz la tranquilizó, ya que se puso lentamente a cuatro patas, con los ojos todavía clavados en él y la cola metida bajo sus flancos enjutos.

Se levantó de su caballete sonriendo. Ella lo miró en silencio y, cuando se acercó, lo vio inclinarse por encima de ella sin un gesto de dolor. Sus ojos siguieron su mano hasta que tocó su cabeza. Entonces emitió un maullido desgarrado.

Hacía tiempo que Severn tenía la costumbre de hablar con los animales, probablemente porque pasaba mucho tiempo solo, y ahora dijo:

—¿Qué te pasa, gatita?

Sus tímidos ojos buscaron los de él.

—Comprendo —dijo suavemente—. Lo tendrás de inmediato.

Luego, moviéndose tranquilamente, se ocupó de los deberes de un anfitrión, enjuagó un platillo, lo llenó con el resto de la leche de la botella que había en el alféizar de la ventana y, arrodillándose, desmenuzó un panecillo en el hueco de su mano.

La criatura se levantó y se arrastró hacia el platillo.

Con el mango de una espátula de pintor mezcló las migas y la leche y dio un paso atrás cuando ella metió la nariz en el revoltijo. La observó en silencio. De vez en cuando, el platillo tintineaba en las baldosas del suelo cuando ella buscaba un bocado en el borde, y al final el pan se acabó, y su lengua púrpura recorrió todos los lugares sin lamer hasta que el platillo brilló como el mármol pulido. Entonces se sentó y, dándole la espalda, comenzó a hacer sus abluciones.

—Sigue así —dijo Severn, muy interesado—, lo necesitas.

La gata bajó una oreja, pero no se volvió ni interrumpió su aseo. Mientras se quitaba lentamente la mugre, Severn observó que la naturaleza la había destinado a ser una gata blanca. Su pelaje había desaparecido a parches, a causa de las enfermedades o los riesgos de la guerra, su cola era huesuda y su columna vertebral afilada. Pero los encantos que tenía se hacían evidentes bajo los vigorosos lametones, y él esperó a que ella terminara antes de reabrir la conversación. Cuando por fin ella cerró los ojos y plegó las patas delanteras bajo el pecho, él comenzó de nuevo con mucha suavidad:

—Gata, cuéntame tus problemas.

Al oír su voz, ella soltó un áspero rumor que él reconoció como un intento de ronroneo. Él se inclinó para frotarle la mejilla y ella volvió a maullar, un amable maullido inquisitivo, a lo que él respondió:

—Ciertamente, has mejorado mucho, y cuando recuperes tu plumaje serás un pájaro precioso —muy halagada, se levantó y se paseó alrededor de sus piernas, metiendo la cabeza entre ellas y haciendo comentarios complacientes, a los que él respondió con gran cortesía.

—Ahora, ¿qué te ha hecho venir aquí —dijo—, aquí a la calle de los Cuatro Vientos, y subir cinco pisos hasta la misma puerta donde serías bienvenida? ¿Qué fue lo que impidió tu meditada huida cuando me aparté de mi lienzo para encontrar tus ojos amarillos? ¿Eres una gata del Barrio Latino como yo soy un hombre del Barrio Latino? ¿Y por qué llevas una liga floreada de color rosa abrochada al cuello? —la gata se había subido a su regazo, y ahora se sentaba ronroneando mientras él pasaba la mano por su fino pelaje.

—Perdóname —continuó con un tono de voz perezoso y tranquilizador, que armonizaba con el ronroneo de ella— si parezco poco delicado, pero no puedo dejar de reflexionar sobre esta liga de color rosa, floreada de forma tan pintoresca y sujeta con un broche de plata. Porque el broche es de plata, puedo ver la marca de la ceca en el borde, como lo prescribe la ley de la República Francesa. Ahora, ¿por qué esta liga tejida en seda rosa y delicadamente bordada? ¿Por qué esta liga de seda con su broche de plata sobre tu famélico cuello? ¿Soy indiscreto al preguntar si su dueña es tu dueña? ¿Es acaso una anciana que vive en el recuerdo de las vanidades juveniles, que te adora, que te adorna con su íntimo atuendo personal? La circunferencia de la liga podría sugerirlo, ya que tu cuello es delgado y la liga te queda bien. Pero, además, me doy cuenta —me doy cuenta de la mayoría de las cosas— de que la liga puede ampliarse mucho. Estos pequeños ojales plateados, de los que cuento cinco, son prueba de ello. Y ahora observo que el quinto ojal está desgastado, como si la lengüeta del broche estuviera acostumbrada a reposar allí. Eso parece argumentar una forma bien redondeada.

La gata enroscó los dedos de sus patas delanteras con satisfacción. La calle estaba muy tranquila en el exterior.

Siguió murmurando:

—¿Por qué debería tu señora decorarte con un artículo muy necesario para ella en todo momento? Por lo menos, así es en la mayoría de los casos. ¿Cómo llegó a ponerte este trozo de seda y plata en el cuello? ¿Fue el capricho de un momento, cuando tú, antes de perder tu prístina gordura, entraste cantando en su dormitorio para darle los buenos días? Por supuesto, y ella se sentó entre las almohadas, con su pelo enroscado cayendo sobre sus hombros, mientras tú saltabas sobre la cama ronroneando: «Buenos días, mi señora». Oh, es muy fácil de entender —bostezó, apoyando la cabeza en el respaldo de la silla. La gata seguía ronroneando, apretando y relajando sus acolchadas garras sobre su rodilla.

—¿Te cuento todo sobre ella, gata? Es muy hermosa... tu señora —murmuró somnoliento—, y su pelo es tan abundante como el oro bruñido. Podría pintarla... no en un lienzo, pues necesitaría matices y tonos y tintes más espléndidos que el iris de un espléndido arcoíris. Solo podría pintarla con los ojos cerrados, porque solo en los sueños se pueden encontrar los colores que necesito. Para sus ojos debo tener el azul de los cielos no turbados por una nube, los cielos del país de los sueños. Para sus labios, rosas de los palacios de la tierra de los sueños, y para su frente, ventiscas de nieve de las montañas que se elevan en fantásticos pináculos hasta las lunas, oh, mucho más altas que nuestra luna aquí, las lunas de cristal del país de los sueños. Ella es muy hermosa, tu señora.

Las palabras murieron en sus labios y sus párpados cayeron. La gata también estaba dormida, con la mejilla vuelta hacia arriba sobre su flanco gastado y las patas relajadas y flácidas.

II

—Es una suerte —dijo Severn, sentándose y estirándose— que hayamos retrasado la hora de la cena, porque no tengo nada que ofrecerte para cenar, salvo lo que se puede comprar con un franco de plata.

La gata se levantó sobre sus rodillas, arqueó el lomo, bostezó y le miró.

—¿Qué será? ¿Un pollo asado con ensalada? ¿No? ¿Quizás prefieras carne de res? Por supuesto, y probaré un huevo y un poco de pan blanco. Ahora los vinos. ¿Leche para ti? Bien. Tomaré un poco de agua, recién sacada del pozo —dijo él con un movimiento hacia el cubo del fregadero.

Se puso el sombrero y salió de la habitación. La gata lo siguió hasta la puerta, y, después de que él la cerrara tras de sí, se acomodó, oliendo las grietas y aguzando una oreja a cada crujido del viejo y loco edificio.

La puerta de abajo se abrió y se cerró. La gata parecía seria, por un momento dudosa, y sus orejas se aplanaron con una expectativa nerviosa. Al momento se levantó con un movimiento de la cola y comenzó a recorrer el estudio sin hacer ruido. Estornudó ante un bote de aguarrás; se retiró apresuradamente a la mesa, a la que se subió enseguida, y tras satisfacer su curiosidad por un rollo de cera roja para modelar, volvió a la puerta y se sentó con los ojos puestos en la rendija del umbral. Luego levantó la voz en un delgado lamento.

Cuando Severn regresó, tenía un aspecto serio, pero la gata, alegre y demostrativa, marchó a su alrededor, frotando su cuerpo enjuto contra las piernas de él, metiendo la cabeza con entusiasmo en su mano y ronroneando hasta que su voz se convirtió en un chillido.

Puso sobre la mesa un trozo de carne, envuelto en papel de estraza, y con una navaja lo cortó en tiras. La leche la sacó de una botella que había servido de medicina, y la vertió en el platillo que había sobre la chimenea.

La gata se agachó ante ella, ronroneando y lamiendo al mismo tiempo.

Cocinó su huevo y se lo comió con una rebanada de pan, observando a la gata ocupada con la carne desmenuzada, y, cuando hubo terminado y llenado y vaciado una taza de agua del cubo del fregadero, se sentó, llevándola a su regazo, donde ella se acurrucó de inmediato y comenzó su aseo. Empezó a hablar de nuevo, tocándola a veces con caricias a modo de énfasis.

—Gata, he descubierto dónde vive tu señora. No está muy lejos, es aquí, bajo este mismo techo agujereado, pero en el ala norte que yo suponía deshabitada. Me lo ha dicho mi portero. Por casualidad, esta noche está casi sobrio. El carnicero de la calle del Sena, donde compré tu carne, te conoce, y el viejo Cabane, el panadero, te identificó con un sarcasmo innecesario. Me cuentan duras historias de tu señora que no voy a creer. Dicen que es ociosa, vanidosa y amante del placer, dicen que es una descerebrada e imprudente. El pequeño escultor de la planta baja, que estaba comprando rollos al viejo Cabane, me habló esta noche por primera vez, aunque siempre nos hemos saludado. Dijo que era muy buena y muy hermosa. Solo la ha visto una vez y no sabe su nombre. Se lo agradecí, no sé por qué se lo agradecí tan efusivamente. Cabane dijo: «En esta maldita calle de los Cuatro Vientos, los cuatro vientos soplan todas las cosas malas». El escultor parecía confundido, pero cuando salió con sus rollos, me dijo: «Estoy seguro, *monsieur*, de que es tan buena como hermosa».

La gata había terminado su aseo, y ahora, saltando suavemente al suelo, se acercó a la puerta y olfateó. Él se arrodilló junto a ella y, desabrochando la liga, la sostuvo por un momento en sus manos. Después de un rato, dijo:

—Hay un nombre grabado en el broche de plata debajo de la hebilla. Es un bonito nombre, Sylvia Elven. Sylvia es un nombre de mujer, Elven es el nombre de una ciudad. En París, en este barrio, sobre todo, en esta calle de los Cuatro Vientos, los nombres se llevan y se guardan según la moda que cambia con las estaciones. Conozco la pequeña ciudad de Elven, porque allí me encontré con el Destino cara a cara y el Destino no fue amable. ¿Pero sabes que en Elven el Destino tenía otro nombre, y ese nombre era Sylvia?

Volvió a colocar la liga y se levantó mirando a la gata agazapada ante la puerta cerrada.

—El nombre de Elven tiene un encanto para mí. Me habla de praderas y ríos claros. El nombre de Sylvia me inquieta como el perfume de las flores muertas.

La gata maulló.

—Sí, sí —dijo tranquilizador—, te llevaré de vuelta. Tu Sylvia no es mi Sylvia; el mundo es amplio y Elven no es desconocido. Sin embargo, en la oscuridad y la suciedad del París más pobre, en las tristes sombras de esta antigua casa, estos nombres me resultan muy agradables.

La levantó en brazos y recorrió los silenciosos pasillos hasta llegar a las escaleras. Bajó cinco tramos y entró en el patio iluminado por la luna, pasó por la pequeña guarida del escultor, y luego volvió a entrar por la puerta del ala norte y subió las escaleras carcomidas por los gusanos, hasta que llegó a una puerta cerrada. Tras llamar durante mucho tiempo, algo se movió detrás de la puerta, esta se abrió y él entró. La habitación estaba a oscuras. Al cruzar el umbral, la gata saltó de sus brazos a las sombras. Escuchó, pero no ovó nada. El silencio era opresivo y encendió una cerilla. A su lado había una mesa y sobre ella una vela en un candelabro dorado. La encendió y miró a su alrededor. La habitación era amplia, las colgaduras estaban llenas de bordados. Sobre la chimenea se alzaba un manto tallado, gris por las cenizas de los fuegos muertos. En un hueco junto a las profundas ventanas había una cama, de la que las sábanas, suaves y finas como el encaje, se arrastrabas hasta el pulido suelo. Levantó la vela sobre su cabeza. Un pañuelo estaba a sus pies. Estaba ligeramente perfumado. Se volvió hacia las ventanas. Delante de ellas había un canapé y sobre él se arrojaban, a toda prisa, un vestido de seda, un montón de prendas de encaje, blancas y delicadas como mallas de araña, guantes largos y arrugados y, en el suelo, las medias, los zapatitos puntiagudos y una liga de seda rosada, pintorescamente floreada y provista de un broche de plata. Curioso, dio un paso adelante y descorrió las pesadas cortinas de la cama. Por un momento, la vela flameó en su mano; luego sus ojos se encontraron con otros dos ojos, muy abiertos, sonrientes, y la llama de la vela brilló sobre el cabello pesado como el oro.

Ella estaba pálida, pero no tan blanca como él. Sus ojos eran imperturbables como los de un niño, pero él se quedó mirando, temblando de pies a cabeza, mientras la vela parpadeaba en su mano.

Por fin susurró:

—Sylvia, soy yo.

De nuevo dijo:

—Soy yo.

Entonces, sabiendo que estaba muerta, la besó en la boca. Y durante las largas vigilias de la noche la gata ronroneó sobre su rodilla, apretando y relajando sus acolchadas garras, hasta que el cielo palideció sobre la calle de los Cuatro Vientos.

EL EMPERADOR PÚRPURA

Un recuerdo feliz es, sin duda, la tierra.
Más verdadero que el bien.
A. DE MUSSET.

I

El Emperador Púrpura me observaba en silencio. Volví a lanzar la caña, haciendo girar dos metros más de sedal impermeable y, mientras el hilo silbaba en el aire a lo largo del estanque, vi que mis tres moscas caían en el agua como cardos a la deriva. El Emperador Púrpura se burló.

—Ya ve —dijo—, tengo razón. No hay una sola trucha en Bretaña que vaya a por un cebo de mosca.

—Pues en Estados Unidos sí lo hacen —respondí.

—¡Vaya por Norteamérica! —observó el Emperador Púrpura.

—Y las truchas pican con cebos de mosca en Inglaterra —insistí tajantemente.

—¿Acaso cree me importa lo que hagan las cosas o las personas en Inglaterra? —exigió el Emperador Púrpura.

—No le importa nada más que usted mismo y sus orugas asquerosas que se retuercen —dije, más molesto de lo que había estado hasta ahora.

El Emperador Púrpura bufó. Sus rasgos anchos, lampiños y quemados por el sol mostraban esa expresión obstinada que siempre me irritaba. Tal vez la forma en que llevaba su sombrero intensificaba el enfado, pues el ala ondulante se apoyaba en ambas orejas, y las dos pequeñas cintas de terciopelo que colgaban de la hebilla de plata de la parte delantera se agitaban y revoloteaban con cada insignificante brisa. Sus ojos astutos y su nariz puntiaguda desentonaban con el resto de su gorda cara roja. Cuando me miró a los ojos, dejó ir una carcajada.

—Sé más de insectos que cualquier hombre de Morbihan, o de Finisterre, en realidad —dijo.

—El Almirante Rojo sabe tanto como usted —repliqué.

—No es verdad —respondió el Emperador Púrpura con enfado.

—Y su colección de mariposas es el doble de grande que la de usted —añadí, moviéndome por el arroyo hasta situarme justo frente a él.

—Lo es, ¿verdad? —se mofó el Emperador Púrpura—. Bueno, déjeme decirle, *monsieur* Darrel, que en toda su colección no tiene un espécimen, un solo espécimen, de esa magnífica mariposa, *Apatura Iris*, comúnmente conocida como el «Emperador Púrpura».

—Todo el mundo en Bretaña lo sabe —dije, lanzando el hilo a la brillante superficie del agua—, pero solo porque usted sea el único hombre que ha capturado una «Emperador Púrpura» en Morbihan, no significa que sea una autoridad en cuestión de moscas para la pesca de truchas. ¿Por qué dice que una trucha bretona no tocará un cebo de mosca?

—Porque así es —respondió.

—¿Por qué? Hay muchas moscas de mayo volando por el arroyo.

—¡Déjelas volar! —gruñó el Emperador Púrpura—. No verá una sola trucha tocarlas.

Me dolía el brazo, pero agarré la media caña de bambú con más firmeza y, dando media vuelta, me metí en el arroyo y empecé a batir las ondas en la cabecera del arroyo. Una gran libélula verde pasó flotando acompañada de la brisa de verano y planeó un momento sobre el arroyo, brillando como una esmeralda.

—¡Tenemos una oportunidad de atraparla! ¿Dónde está su cazamariposas? —grité desde el otro lado del arroyo.

—¿Para qué? ¿Esa libélula? Tengo docenas de *Anax Junius* (Drury) común, con ángulo anal de las alas posteriores, macho, redondo; tórax marcado con…

—Ya basta —dije ferozmente—. ¿No puedo señalar un insecto en el aire sin estas explosiones de erudición? ¿Puede decirme, en un francés sencillo y cotidiano, qué es esta pequeña mosca que revolotea sobre la hierba de los juncos aquí, a mi lado? Mire, ha caído en el agua.

—¡Bah! —respondió con desdén el Emperador Púrpura—, eso es una *Linnobia Annulus*.

—¿Qué es eso? —pregunté.

Antes de que pudiera responder, se produjo un fuerte chapoteo en el agua y la mosca desapareció.

—¡Ja! ¡ja! ¡Ja! —se rio el Emperador Púrpura—. ¿No le dije que los peces saben lo que hacen? Eso era una trucha. Espero que no la atrape.

Recogió su cazamariposas, la caja de recolección, el

frasco de cloroformo y el de cianuro. Luego se levantó, se echó la caja al hombro, metió los frascos de veneno en los bolsillos de su abrigo de terciopelo con botones de plata y encendió su pipa. Esta última operación era un espectáculo desmoralizador, pues el Emperador Púrpura, como todos los campesinos bretones, fumaba una de esas microscópicas pipas bretonas que requieren diez minutos para encontrarla, diez más para llenarla, otros diez para encenderla y diez segundos para terminarla. Con la verdadera solidez bretona cumplió con este solemne rito, lanzó tres bocanadas de humo al aire, se rascó reflexivamente su puntiaguda nariz y se alejó caminando, gritando de vuelta un irónico «¡*Au revoir*, y que se pudran todos los yanquis!».

Lo observé mientras se perdía de vista, pensando con tristeza en la joven cuya vida se había encargado de convertir en un infierno: Lys Trevec, su sobrina. Ella nunca lo admitió, pero todos sabíamos lo que significaban las marcas negras y azules en su suave y torneado brazo, y me ponía enfermo ver la mirada de terror que aparecía en sus ojos cuando el Emperador Púrpura se paseaba por el café de la posada Groix.

Se decía que él la hacía pasar hambre. Ella lo negaba. Marie Joseph y Fine Lelocard lo habían visto golpearla al día siguiente del Perdón de los Pájaros, porque ella había liberado tres pinzones que él había cazado con liga el día anterior. Le pregunté a Lys si era cierto, y se negó a hablarme durante el resto de la semana. No había nada que pudiera hacer. Si el Emperador Púrpura no hubiera sido tan avaro, no habría podido ver a Lys jamás, pero no pudo resistirse a los treinta francos semanales que le ofrecí, y Lys posaba para mí todo el día, feliz como un pajarillo en un seto de espinas rosas. Sin embargo, el Emperador Púrpura me odiaba y amenazaba constantemente con obligar a Lys a volver a su lúgubre hilado de lino. También era desconfiado, y cuando engullía un único vaso de sidra, que resulta fatal para la sobriedad de la mayoría de los bretones, golpeaba la larga y descolorida mesa de roble y rugía maldiciones contra mí, contra Yves Terrec y contra el Almirante Rojo. Éramos los tres objetos del mundo que más odiaba: a mí, porque era extranjero y no me importaban nada él y sus mariposas; y al Almirante Rojo, porque era un entomólogo rival.

Tenía otras razones para odiar a Terrec.

El Almirante Rojo, un pobre y marchito hombrecillo, con un ojo de cristal mal ajustado y una pasión por el brandy, debía su nombre a una mariposa que predominaba en su colección. Esta mariposa, comúnmente conocida por los aficionados como «Almirante Rojo», y por los entomólogos como *Vanessa Atalanta*, había sido motivo de escándalo entre los entomólogos de Francia y Bretaña. Resulta que el Almirante Rojo había tomado uno de estos insectos comunes, lo había teñido de un amarillo brillante con la ayuda de productos químicos, y lo había hecho pasar por una especie sudafricana absolutamente única a un coleccionista crédulo. Sin embargo, los cincuenta francos que ganó con esta bribonada los perdió en una demanda por daños y perjuicios presentada por el aficionado ultrajado un mes más tarde; y tras pasar en la cárcel de Quimperlé un mes, reapareció en el pueblecito de San Gildas amargado, sediento y con ganas de venganza. Por supuesto, lo apodamos el Almirante Rojo, y él aceptó el nombre con furia reprimida.

El Emperador Púrpura, por otra parte, había ganado su título imperial legítimamente, ya que era un hecho indiscutible que el único espécimen de esa hermosa mariposa, la *Apatura Iris* o Emperador Púrpura, como la llaman los aficionados —el único espécimen que se había capturado en Finisterre o en Morbihan— había sido capturado y llevado a casa vivo por Joseph Marie Gloanec que, desde entonces, sería conocido como el Emperador Púrpura.

Cuando se conoció la captura de esta rara mariposa, al Almirante Rojo le faltó poco para enloquecer. Todos los días, durante una semana, se dirigió a la posada de Groix, donde el Emperador Púrpura vivía con su sobrina, y llevaba su microscopio para observar la rara mariposa recién capturada, con la esperanza de detectar algún fraude. Pero este espécimen era auténtico, y miró a través de su microscopio en vano.

—No hay productos químicos, Almirante —sonrió ampliamente el Emperador Púrpura, y el Almirante Rojo rechinó los dientes con rabia.

Para el mundo científico de Bretaña y Francia, la captura de una *Apatura Iris* en Morbihan era de gran importancia. El Museo de Quimper hizo una oferta para adquirir la mariposa, pero el Emperador Púrpura, a pesar de ser un acaparador de oro, tenía una obsesión monomaníaca por las mariposas, y se mofó del conservador del museo. De todos los rincones de Bretaña y Francia le llegaron cartas solicitando información y felicitaciones. La Academia Francesa de Ciencias le concedió un premio y la Sociedad Entomológica de París lo nombró miembro honorario. Siendo un campesino bretón, y más cabezota que los demás, estos honores no perturbaron su ecuanimidad; pero cuando la pequeña aldea de San Gildas lo eligió alcalde y, como es costumbre en Bretaña en tales circunstancias, dejó su cabaña para instalarse oficialmente en la pequeña posada de Groix, perdió la cabeza por completo. ¡Ser alcalde en un pueblo de casi ciento cincuenta habitantes! ¡Era un imperio! Y, así, se volvió insoportable, emborrachándose viciosamente todas las noches de su vida, maltratando a su sobrina, Lys Trevec, como el viejo desgraciado y bárbaro que era, y llevando al Almirante al borde de la histeria con su eterna insistencia sobre la captura de la *Apatura Iris*. Por supuesto, se negó a desvelar dónde había capturado la mariposa. El Almirante Rojo acechaba sus pasos, en vano.

—¡Je, je, je! —fastidiaba el Emperador Púrpura, acariciando su barbilla frente a un vaso de sidra—. Lo vi merodeando por el bosquecillo de San Gildas ayer por la mañana. ¿Cree que puede encontrar otra *Apatura Iris* corriendo detrás de mí? No servirá de nada, Almirante, no le servirá, ¿lo entiende?

El Almirante Rojo se puso amarillo de mortificación y envidia, pero al día siguiente hubo de quedarse en cama tras sufrir un disgusto, pues el Emperador Púrpura había logrado capturar no una mariposa, sino una crisálida viva que, si eclosionaba con éxito, se convertiría en un perfecto espécimen de la inestimable *Apatura Iris*. Esto fue la gota que colmó el vaso. El Almirante

Rojo se encerró en su casita de piedra, y desde hacía semanas era invisible para todo el mundo, excepto para Fine Lelocard, que le llevaba cada mañana una barra de pan y un salmonete o una cigala.

La retirada del Almirante Rojo de la sociedad de San Gildas provocó primero la burla y finalmente la sospecha del Emperador Púrpura. ¿Qué maldad podría estar tramando? ¿Estaba experimentando de nuevo con productos químicos, o estaba involucrado en algún complot más profundo, cuyo objetivo era desacreditar al Emperador Púrpura? Roux, el cartero que llevaba el correo a pie una vez al día desde Bannalec, a una distancia de quince millas en cada sentido, había llevado varias cartas sospechosas, con sellos ingleses, al Almirante Rojo, y al día siguiente el Almirante había sido visto en su ventana sonriendo al cielo y frotándose las manos. Una o dos noches después de esta aparición, el cartero dejó por un momento dos paquetes en la posada de Groix mientras corría al otro lado del camino para beber un vaso de sidra conmigo. El Emperador Púrpura, que merodeaba por el café, husmeando en todo lo que no le concernía, se topó con los paquetes y examinó los matasellos y las direcciones. Uno de los paquetes era cuadrado y pesado y parecía un libro. El otro era también cuadrado, pero muy ligero, y parecía una caja de cartón. Ambos iban dirigidos al Almirante Rojo y llevaban sellos ingleses.

Cuando Roux, el cartero, regresó, el Emperador Púrpura trató de sonsacarle, pero el pobre no sabía nada sobre el contenido de los paquetes, y, después de desaparecer a la vuelta de la esquina en dirección a la cabaña del Almirante Rojo, el Emperador Púrpura pidió un vaso de sidra tras otro, y deliberadamente se embriagó hasta que Lys entró y lo llevó, con lágrimas en los ojos, hasta su habitación. Allí se puso tan abusivo y brutal con ella que Lys me llamó, y yo fui y solucioné el problema sin decir una sola palabra. Esto lo recordaría el Emperador Púrpura, y esperaba su oportunidad para vengarse de mí.

Este suceso había ocurrido hacía una semana, y hasta ese día no se había dignado a hablarme.

Lys había posado para mí durante toda la semana, y cuando llegó el sábado, yo me sentía un tanto perezoso, así que decidimos relajarnos un poco. Ella aprovechó para visitar y cotillear con su amiguita de ojos negros, Yvette, en la aldea vecina de San Julien, y yo quise probar el apetito de las truchas bretonas con el contenido de mi colección de moscas americanas.

Había estado lanzando concienzudamente el sedal al arroyo durante unas tres horas, pero no había logrado hacer picar ni a una sola trucha y me sentía desilusionado. Empezaba a creer que no había truchas en el arroyo de San Gildas y, probablemente, me habría dado por vencido si no hubiera visto a la trucha que se había lanzado sobre la pequeña mosca que el Emperador Púrpura había nombrado tan científicamente. Eso me hizo pensar. Probablemente el Emperador Púrpura tenía razón, pues, ciertamente, era un experto en todo lo que se arrastraba y serpenteaba en Bretaña. Así que busqué en mi colección de moscas americanas una que imitara a la que el pez había atrapado, y retirando el señuelo de tres moscas, anudé una nueva guía en el sedal y deslicé una mosca en el anzuelo. Era una mosca extraña. Era uno de esos experimentos innombrables que fascinan a los pescadores en las tiendas de deportes y que generalmente resultan totalmente inútiles. Además, era un señuelo con cola, pero, por supuesto, eso podía solucionarse fácilmente con un tajo de mi navaja. En cuanto estuvo listo, me adentré en los rápidos y lancé el sedal directamente, como una flecha, hacia el lugar donde la trucha había saltado. El señuelo se posó en el fondo del arroyo con la ligereza de una pluma; luego se produjo un chapoteo sorprendente, un brillo plateado, y el sedal se tensó desde la punta de la caña que vibraba hasta el chirriante carrete. Casi instantáneamente controlé al pez, y mientras se tambaleaba por un momento, haciendo hervir el agua a lo largo de sus relucientes costados, salté a la orilla de nuevo, porque noté que el pez era pesado y que probablemente me tocaría echar una larga carrera por el arroyo. La caña de cinco onzas barrió en un círculo espléndido, temblando bajo la tensión.

—Oh, ¡quién tuviera un arpón! —dije en voz alta, porque ahora estaba firmemente convencido de que tenía que lidiar con un salmón y no con una trucha.

Entonces, cuando me encontraba de pie, aplicando todos los medios para sujetar al enojado pez, una chica ágil y delgada se acercó a toda prisa por la orilla opuesta llamándome por mi nombre.

—¡Vaya, Lys! —dije, levantando la vista por un segundo—. Pensé que estaba en San Julien con Yvette.

—Yvette se ha ido a Bannalec. Volví a casa y me encontré con una horrible pelea en la posada de Groix, y me asusté tanto que vine a decírselo.

El pez se precipitó en ese momento, llevándose todo el sedal que tenía mi carrete, y me vi obligado a seguirlo de un salto. Lys, activa y grácil como un joven cervatillo, a pesar de llevar calzados sus zuecos de Pont-Aven, me siguió por la orilla opuesta hasta que el pez se posó en un profundo charco, sacudió el sedal salvajemente una o dos veces y luego volvió a enfurruñarse.

—¿Pelea en la posada Groix? —grité, desde el otro lado del agua—. ¿Qué pelea?

—No es exactamente una pelea —dijo Lys—, pero el Almirante Rojo ha salido por fin de su casa, y él y mi tío están bebiendo juntos y discutiendo sobre mariposas. Nunca he visto a mi tío tan enfadado, y el Almirante Rojo se burla y sonríe. Oh, es casi perverso ver una cara así.

—Pero Lys —dije, apenas pudiendo reprimir una sonrisa—, su tío y el Almirante Rojo siempre están discutiendo y bebiendo.

—Lo sé, ¡oh, madre mía! Pero esto es diferente, *monsieur* Darrel. El Almirante Rojo ha envejecido y se ha vuelto feroz desde que se encerró hace tres semanas, y... ¡oh, madre mía! Nunca había visto una mirada tan intensa en los ojos de mi tío. Parecía loco de furia. Sus ojos... no puedo hablar de ellos... y entonces entró Terrec.

—Oh —dije más seriamente—, eso es desafortunado. ¿Qué le dijo el Almirante Rojo a su hijo?

Lys se sentó en una roca entre los helechos y me lanzó una mirada rebelde desde sus ojos azules.

Yves Terrec, holgazán, cazador furtivo e hijo de Louis Jean Terrec, también conocido como el Almirante Rojo, había sido echado de casa por su padre, y también había sido expulsado del pueblo por el Emperador Púrpura en su majestuosa calidad de alcalde. El joven rufián había regresado dos veces: una para asaltar el dormitorio del Emperador Púrpura —una empresa fallida— y otra para robar a su propio padre. Tuvo éxito en este último intento, pero nunca fue capturado, aunque se lo vio con frecuencia vagando por los bosques y páramos con su pistola. Amenazó abiertamente al Emperador Púrpura, juró que se casaría con Lys a pesar de todos los gendarmes de Quimperlé, y a estos mismos gendarmes los obligó muchas veces a largas persecuciones a través de pantanos llenos de arbustos y a través de kilómetros de aulaga amarilla.

Lo que había hecho al Emperador Púrpura, lo que pretendía hacer, no me inquietaba mucho, pero sí lo hacía su amenaza sobre Lys. Durante los últimos tres meses esto me había molestado mucho porque, cuando Lys llegó a San Gildas desde el convento, lo primero que capturó fue mi corazón. Durante mucho tiempo me había negado a creer que algún lazo de sangre uniera a esta delicada criatura de ojos azules con el Emperador Púrpura. Aunque se vestía con el corpiño de encaje y terciopelo y las faldas azules de Finisterre, y llevaba la encantadora cofia blanca de San Gildas, parecía en ella una bonita mascarada. Para mí era tan dulce y tan suavemente educada como muchas doncellas del noble Faubourg que bailaban con sus primos en una *fête champêtre* de Luis XV. Así que cuando Lys dijo que Yves

Terrec había vuelto abiertamente a San Gildas, sentí que era mejor que yo también estuviera allí.

—¿Qué ha dicho Terrec, Lys? —pregunté, observando la línea que vibraba sobre el plácido estanque.

El color rosa salvaje se deslizó por sus mejillas.

—Oh —respondió ella, con una pequeña sacudida de la barbilla—, ya sabe, lo que siempre dice.

—¿Que la llevará lejos?

—Sí.

—¿A pesar del Emperador Púrpura, el Almirante Rojo y los gendarmes?

—Sí.

—¿Y usted qué dice, Lys?

—¿Yo? Oh, nada.

—Entonces déjeme decirlo por usted.

Lys miró sus delicados zuecos puntiagudos, los zuecos de Pont-Aven hechos a medida. Se ajustaban a su pequeño pie. Eran su único lujo.

—¿Me dejará responder por usted, Lys? —pregunté.

—¿Usted, *monsieur* Darrel?

—Sí. ¿Me deja darle su respuesta?

—Mon Dieu, ¿por qué iba usted a preocuparse, *monsieur* Darrel?

El pez estaba muy tranquilo, pero la caña en mi mano temblaba.

—Porque la amo, Lys.

El color rosa salvaje de sus mejillas se acentuó. Dio un suave jadeo y luego escondió su rizada cabeza entre las manos.

—La amo, Lys.

—¿Sabe lo que está diciendo? —tartamudeó.

—Sí, la amo.

Levantó su dulce rostro y me miró desde la otra orilla del arroyo.

—Lo amo —dijo ella, mientras las lágrimas se erigían como estrellas en sus ojos—. ¿Quiere que cruce el arroyo hasta usted?

II

Aquella noche, Yves Terrec abandonó la aldea de San Gildas jurando vengarse de su padre, que le había negado refugio.

Puedo verlo ahora, de pie en el camino, con sus piernas desnudas que se alzaban como pilares de bronce desde sus zuecos rellenos de paja, su corta chaqueta de terciopelo rasgada y sucia por la intemperie y la vida disoluta, y sus ojos, fieros, vagabundos, inyectados en sangre... mientras el Almirante Rojo le gritaba maldiciones, y se alejaba cojeando hacia su pequeña cabaña de piedra.

—¡No me olvidaré de ti! —gritó Yves Terrec, y extendió la mano hacia su padre con un gesto terrible. Entonces se llevó el revólver a la mejilla y dio un corto paso hacia delante, pero lo cogí por el cuello antes de que pudiera disparar, y un segundo después estábamos rodando por el polvo de la carretera de Bannalec. Tuve que darle un fuerte golpe detrás de la oreja antes de que se soltara, y luego, levantándome y sacudiéndome, hice pedazos su fusil de avancarga contra una pared, y arrojé su cuchillo al río. El Emperador Púrpura miraba todo con una extraña luz en los ojos. Era evidente que lamentaba que Terrec no me hubiera ahogado hasta la muerte.

—Habría matado a su padre —dije, al pasar junto a él, yendo hacia la posada de Groix.

—Eso es asunto suyo —gruñó el Emperador Púrpura. Había una luz mortal en sus ojos. Por un momento pensé que iba a atacarme, pero solo estaba viciosamente borracho, así que lo aparté de mi camino y me fui a la cama, cansado y asqueado.

Lo peor era que no podía dormir, pues temía que el Emperador Púrpura empezara a abusar de Lys. Me quedé inquieto revolviéndome entre las sábanas hasta que no pude permanecer más tiempo allí. No me vestí del todo, me limité a ponerme un par de zapatillas dentro de los zuecos, un par de pantalones bombachos, un jersey y una gorra. Luego, anudándome un pañuelo en la garganta, bajé la escalera carcomida y salí a la calle iluminada por la luna. Había una vela encendida en la ventana del Emperador Púrpura, pero no pude verlo.

«Seguramente está demasiado borracho», pensé, y miré hacia la ventana donde, tres años antes, había visto por primera vez a Lys.

—¡Dormida, gracias al cielo! —murmuré, y salí por el camino. Al pasar por la casita del Almirante Rojo, vi que estaba oscuro, pero la puerta estaba abierta. Me adentré en el seto para cerrarla, pensando que, en caso de que Yves Terrec anduviera por ahí, su padre perdería lo que le quedaba.

Después de cerrar la puerta con una piedra, seguí caminando a través de la deslumbrante luz de la luna bretona. Un ruiseñor cantaba en un sauce del pantano, y desde el borde del muelle, entre las altas hierbas del pantano, miríadas de ranas entonaban un coro bajo.

Cuando regresé, el cielo de levante empezaba a clarear, y a través de los prados de los acantilados, perfilados contra el horizonte que palidecía, vi a un recolector de algas que se dirigía a su trabajo entre los rizados rompeolas de la costa. Llevaba su largo rastrillo al hombro, y el viento marino llevaba su canción a través de los prados hasta mí: ·

¡San Gildas!
¡San Gildas!
Reza por nosotros.
Abrigarnos.
A nosotros que trabajamos en el mar.

Al pasar por el santuario a la entrada del pueblo me quité la gorra y me arrodillé en oración a Nuestra Señora de Faöuet, y, aunque me olvidé de mí en esa oración, sin duda creí que Nuestra Señora de Faöuet sería más amable con Lys. Se dice que el santuario proyecta sombras blancas. Miré, pero solo vi la luz de la luna. Luego, muy tranquilo, volví a la cama, y solo me despertó el ruido de los sables y el pisoteo de los caballos en el camino bajo mi ventana.

—¡Santo cielo! —pensé—. Deben ser las once, porque ahí están los gendarmes de Quimperlé.

Miré mi reloj, solo eran las ocho y media, y como los gendarmes hacían su ronda todos los jueves a las once, me pregunté qué los había llevado tan temprano a San Gildas.

—Por supuesto —refunfuñé, frotándome los ojos—, van a por Terrec —y me metí en mi limitado baño.

Antes de estar completamente vestido oí un tímido golpe, y al abrir mi puerta, con la navaja en la mano, me quedé atónito y en silencio. Lys, con sus ojos azules abiertos de par en par por el terror, se apoyó en el umbral.

—¡Cariño mío! —grité—, ¿qué está pasando? —pero ella solo se aferró a mí, jadeando como una gaviota herida. Por fin, cuando la atraje a la habitación y levanté su rostro hacia el mío, habló con una voz desgarradora:

—¡Oh, Dick! Van a arrestarte, pero moriré antes de creer una sola palabra de lo que digan. No, no me preguntes —y empezó a sollozar desesperadamente.

Cuando me di cuenta de que se trataba de algo realmente serio, me puse el abrigo y la gorra y, pasando un brazo por su cintura, bajé las escaleras y salí a la calle. Cuatro gendarmes estaban sentados en sus caballos frente a la puerta del café; más allá de ellos, toda la población de San Gildas miraba boquiabierta agolpándose en tres filas.

—¡Hola, Durand! —Le dije al brigadier—. ¿Qué diablos es eso que oigo de que me van a arrestar?

—Es cierto, *mon ami* —respondió Durand con una simpatía sepulcral. Lo miré desde la punta de sus botas con espuelas hasta su cinturón de sable amarillo azufre, y luego hacia arriba, botón a botón, hasta su rostro desconcertado.

—¿Por qué? —dije con desprecio—. ¡No intente un trabajo de detective barato conmigo! Hable, hombre, ¿cuál es el problema?

El Emperador, que estaba sentado en la puerta mirándome, empezó a hablar, pero se lo pensó mejor y se levantó y entró en la casa. Los gendarmes pusieron los ojos en blanco misteriosamente y pusieron cara de sabios.

—Vamos, Durand —dije impaciente—. ¿Cuál es el cargo?

—Asesinato —dijo con voz débil.

—¿¡Qué?! —grité incrédulo—. ¡Tonterías! ¿Parezco un asesino? Bájese del caballo, estúpido, y dígame a quién he asesinado —Durand se bajó, con cara de tonto, y se acercó a mí, ofreciéndome la mano con una sonrisa propiciatoria.

—¡Fue el Emperador Púrpura quien lo denunció! Mire, encontraron tu pañuelo en su puerta...

—¿La puerta de quién, por el amor de Dios? —grité.

—¡En la del Almirante Rojo!

—¿El Almirante Rojo? ¿Qué ha hecho?

—Nada... solo ha sido asesinado.

Apenas podía dar crédito a mis sentidos, aunque me llevaron a la pequeña cabaña de piedra y me señalaron la habitación salpicada de sangre. Pero el horror del asunto era que el cadáver del hombre asesinado había desaparecido, y solo quedaba un nauseabundo lago de sangre en el suelo de piedra, en cuyo centro yacía una mano humana. No cabía duda de a quién pertenecía la mano, pues todos los que habían visto al Almirante Rojo sabían que el trozo de carne arrugado que yacía en la sangre cada vez más espesa era la mano del Almirante Rojo. A mí me pareció la garra cortada de un pájaro gigantesco.

—Bueno —dije—, se ha cometido un asesinato. ¿Por qué no hace algo?

—¿Qué? —preguntó Durand.

—No lo sé. Llame al comisario.

—Está en Quimperlé. He telegrafiado.

—Entonces mande llamar a un médico y averigüe cuánto tiempo lleva esta sangre coagulándose.

—El químico de Quimperlé está aquí, es médico.

—¿Y qué dice?

—Dice que no lo sabe.

—¿Y a quién van a detener? —pregunté, apartando la vista del espectáculo en el suelo.

—No lo sé —dijo solemnemente el brigadier—. Has sido denunciado por el Emperador Púrpura, porque ha encontrado tu pañuelo en la puerta al salir esta mañana.

—¡Ese bretón cabezota! —exclamé completamente enfadado—. ¿No ha mencionado a Yves Terrec?

—No.

—Por supuesto que no —dije—. Pasó por alto el hecho de que Terrec intentó disparar a su padre anoche y que yo le quité la pistola. Todo eso no cuenta para nada cuando encuentra mi pañuelo en la puerta del hombre asesinado.

—Venga al café —dijo Durand, muy turbado—, podemos hablarlo allí. Por supuesto, *monsieur* Darrel, ¡nunca he tenido la más remota sospecha de que usted fuera el asesino!

Los cuatro gendarmes y yo cruzamos la carretera hasta la posada Groix y entramos en el café. Estaba atestado de británicos, fumando, bebiendo y parloteando en media docena de dialectos, todos igualmente insatisfactorios para un oído civilizado. Me abrí paso entre la multitud hasta donde estaba el pequeño Max Fortin, el farmacéutico de Quimperlé, fumando un vil cigarro.

—Este es un asunto feo —dijo, estrechándome la mano y ofreciéndome un cigarro como el suyo, que rechacé cortésmente.

—Ahora, *monsieur* Fortin —dije—, parece que el Emperador Púrpura encontró mi pañuelo cerca de la puerta del hombre asesinado esta mañana, y por lo tanto concluye —aquí miré fijamente al Emperador Púrpura— que yo soy el asesino. Ahora le haré una pregunta —y volviéndome hacia él repentinamente, grité—: ¿Qué hacía usted en la puerta del Almirante Rojo?

El Emperador Púrpura se sobresaltó y se puso pálido, y yo lo señalé triunfante.

—Vean lo que hace una pregunta repentina. Miren lo avergonzado que está, y, sin embargo, no lo acuso de asesinato; y les digo, señores, ¡ese hombre de ahí sabe tan bien como yo quién fue el asesino del Almirante Rojo!

—¡No lo sé! —berreó el Emperador Púrpura.

—Sí lo sabe —dije—. Fue Yves Terrec.

—No lo creo —dijo obstinadamente, bajando la voz.

—Por supuesto que no, siendo tan cabezota.

—No soy cabezota —volvió a rugir—, pero soy alcalde de San Gildas y no creo que Yves Terrec haya matado a su padre.

—¿Acaso no lo vio intentar matarlo anoche?

El alcalde gruñó.

—Y vio lo que hice.

Volvió a gruñir.

—Y —continué— oyó a Yves Terrec amenazar con matar a su padre. Le oyó maldecir al Almirante Rojo y jurar que lo mataría. Ahora el padre ha sido asesinado y su cuerpo ha desaparecido.

—¿Y su pañuelo? —se mofó el Emperador Púrpura.

—Se me cayó, por supuesto.

—¿Y el recolector de algas que lo vio a usted anoche merodeando por la cabaña del Almirante Rojo? —sonrió el Emperador Púrpura.

Me sorprendió la malicia del hombre.

—Es suficiente —dije—. Es perfectamente cierto que anoche estuve andando por el camino de Bannalec, y que me detuve a cerrar la puerta del Almirante Rojo, que estaba entreabierta, aunque su luz no estaba encendida. Después subí por la carretera hasta el bosque de Dinez, y luego caminé por San Julien, desde donde vi al recolector de algas en los acantilados. Estaba lo suficientemente cerca como para que pudiera escuchar lo que cantaba. ¿Qué dice de eso?

—¿Qué hizo entonces?

—Luego me detuve en el santuario y recé una oración, y después me acosté y dormí hasta que los gendarmes del brigadier Durand me despertaron con su estruendo.

—Ahora, *monsieur* Darrel —dijo el Emperador Púrpura, levantando uno de sus gordos dedos y lanzando una mirada malvada hacia mí—. Ahora, *monsieur* Darrel, ¿qué llevaba puesto en su paseo de medianoche: botas o zapatos?

Pensé un momento.

—Zapatos... no, zuecos. Me puse mis zapatillas y me calcé los zuecos.

—¿Qué fue entonces, zapatos o zuecos? —gruñó el Emperador Púrpura.

—Zuecos, necio.

—¿Son estos sus zuecos? —preguntó, levantando un zapato de madera con mis iniciales recortadas en el empeine.

—Sí —respondí.

—Entonces, ¿cómo llegó esta sangre al otro? —gritó, y levantó un zueco, el compañero del primero, sobre el que había salpicado una gota de sangre.

—No tengo la menor idea —dije con calma, pero mi corazón latía muy rápido y estaba furiosamente enojado. —¡Cabeza de chorlito! —dije, controlando mi rabia—. Lo haré pagar por esto cuando atrapen a Yves Terrec y lo condenen. Brigadier Durand, cumpla con su deber si cree que estoy bajo sospecha. Arrésteme, pero concédame un favor. Lléveme a la casa del Almirante Rojo, y veré si puedo encontrar alguna pista que usted haya pasado por alto. Por supuesto, no tocaré nada hasta que llegue el comisario. ¡Bah! Todos ustedes me ponen muy mal.

—Qué cínico —observó el Emperador Púrpura, moviendo la cabeza.

—¿Qué motivo tenía yo para matar al Almirante Rojo? —les pregunté a todos despectivamente. Y todos respondieron:

—¡Ninguno! ¡Yves Terrec es el culpable!

Al salir por la puerta me giré y agité el dedo hacia el Emperador Púrpura.

—Oh, lo haré pagar por esto, amigo mío —dije, y seguí al brigadier Durand a través de la calle hasta la casa de campo del hombre asesinado.

III

Me tomaron la palabra y pusieron un gendarme con el sable desenvainado frente al seto de la puerta.

—Deme su palabra —dijo el pobre Durand— y lo dejaré ir donde quiera.

Pero me negué, y empecé a merodear por la casa de campo en busca de pistas. Encontré un montón de cosas que algunas personas habrían considerado muy importantes, como cenizas de la pipa del Almirante Rojo, huellas en un polvoriento cubo de verduras, botellas que olían a sidra de Pouldu y polvo... mucho polvo. Yo no era un experto, solo un estúpido y cotidiano aficionado, así que desfiguré las huellas con mis gruesas botas de tiro, y me negué a examinar las cenizas de la pipa a través de un microscopio, aunque el microscopio del Almirante Rojo estaba sobre la mesa, muy cerca.

Por fin encontré lo que buscaba, unas largas hebras de paja, curiosamente hundidas y aplastadas en el centro, y tuve la certeza de haber encontrado la prueba que encerraría a Yves Terrec para el resto de su vida. Estaba tan claro como una nariz en una cara. Eran pajas de zueco, aplanadas donde el pie las había presionado, y rectas por donde se proyectaban más allá del zueco. Ahora bien, nadie en San Gildas usaba paja en los zuecos, excepto un pescador que vivía cerca de San Julien, y la paja de los suyos era de trigo amarillo ordinario.

Esta paja, o más bien estas pajas, eran de los tallos del trigo rojo que solo crece en el interior y que, como todo el mundo en San Gildas sabía, Yves Terrec llevaba en sus zuecos. Estaba perfectamente satisfecho; y cuando, tres horas más tarde, un grito ronco procedente de la carretera de Bannalec me hizo asomarme a la ventana, no me sorprendió ver a Yves Terrec, ensangrentado, despeinado, sin sombrero, con sus fuertes brazos atados a la espalda, caminando con la cabeza agachada entre dos gendarmes montados. La multitud que le rodeaba aumentaba a cada minuto, gritando:

—¡Parricida! ¡Parricida! ¡Muerte al asesino! —al pasar por mi ventana vi grandes coágulos de barro en sus polvorientos zuecos, de cuyos talones salían volutas de paja roja de trigo. Entonces volví a entrar en el estudio del Almirante Rojo, decidido a encontrar lo que el microscopio mostraría en las pajas de trigo. Examiné cada una con mucho cuidado, y luego, con los ojos ya doloridos, apoyé la barbilla en la mano y me recosté en la silla. No había sido tan afortunado como algunos detectives, ya que no había ninguna prueba de que las pajas hubieran sido utilizadas en un zueco. Además, justo al otro lado del pasillo había un baúl bretón tallado, y ahora me di cuenta por primera vez de que, desde debajo de la tapa cerrada, se proyectaban docenas de pajitas de trigo rojas similares, dobladas exactamente igual que las mías por la tapa.

Bostecé con disgusto. Era evidente que yo no estaba hecho para ser detective, y reflexioné amargamente sobre la diferencia entre las pistas en la vida real y las pistas en una historia de detectives. Al cabo de un rato me levanté, me acerqué al cofre y abrí la tapa. El interior estaba relleno de paja de trigo rojo, y sobre este relleno había dos curiosos tarros de cristal, dos o tres frascos pequeños, varias botellas vacías con la etiqueta de cloroformo, un tarro recolector de cianuro de potasio y un libro. En un rincón más alejado del arcón había algunas cartas con sellos ingleses, y también las cubiertas rotas de dos paquetes, todos ellos procedentes de Inglaterra y dirigidos al Almirante Rojo con su nombre propio de «Sieur Louis Jean Terrec, San Gildas, par Moëlan, Finisterre».

Llevé todas estas cosas al escritorio, cerré la tapa del cofre y me senté a leer las cartas. Estaban escritas en francés comercial, evidentemente por un inglés.

Traducido libremente, el contenido de la primera carta era el siguiente:

Londres, 12 de junio de 1894.

Estimado monsieur (sic): Su amable pedido del 19 de agosto ha sido recibido y el contenido anotado. La última obra sobre los lepidópteros de Inglaterra es el estudio de Blowzer Cómo atrapar mariposas británicas con anotaciones y tablas, *y una introducción de Sir Thomas Sniffer. El precio de esta obra (en un volumen, encuadernación de becerro) es de 5 libras o 125 francos en moneda francesa. Esperamos recibir en breve la orden postal con el importe. Quedamos a su disposición,*
Suyos afectísimos, etc.
Fradley & Toomer

470 Regent Square, Londres, S.W.

La siguiente carta era aún menos interesante. Se limitaba a decir que se había recibido el dinero y que se enviaría el libro. La tercera atrajo mi atención y la citaré, con una traducción libre de nuevo:

Estimado señor: Su carta del 1 de julio fue debidamente recibida, y enseguida la remitimos al propio Sr. Fradley. El Sr. Fradley, muy interesado en su pregunta, envió su carta al profesor Schweineri, de la Sociedad Entomológica de Berlín, cuya nota Blowzer menciona en la página 630, en su obra Cómo atrapar mariposas británicas. Acabamos de recibir una respuesta del profesor Schweineri, que traducimos al francés (ver nota adjunta). El profesor Schweineri me ha pedido que le haga llegar dos frascos de cythyl, preparados bajo su propia supervisión. Le adjuntamos estos. Confiando en que encontrará todo satisfactorio, quedamos a su disposición:
Atentamente.

Fradley & Toomer

La hoja adjunta decía lo siguiente:

«Sres. *Fradley & Toomer.*
Caballeros: Cythaline, un hidrocarburo complejo, fue utilizado por primera vez por el profesor Schnoot, de Amberes, hace un año. Descubrí una fórmula análoga más o menos al mismo tiempo y

la denominé cythyl. Lo he utilizado con gran éxito en todas partes. Es tan efectivo como un imán. Me permito presentarles tres tarros pequeños, y estaría encantado de que envíen dos de ellos a su cliente en San Gildas con mis saludos. La cita sobre mí de Blowzer en la página 630 de su gloriosa obra, Cómo atrapar mariposas británicas, es correcta.

Suyo, etc.

Heinrich Schweineri
P.H.D., D.D., D.S., M.S.

Cuando terminé esta carta, la doblé y la metí en el bolsillo con las demás. Luego abrí la valiosa obra de Blowzer, *Cómo atrapar mariposas británicas*, y pasé a la página 630.

Ahora bien, aunque el Almirante Rojo pudo haber adquirido el libro hacía muy poco tiempo, y aunque todas las demás páginas estaban perfectamente limpias, esta página en particular estaba manchada de negro, y pesadas marcas de lápiz encerraban un párrafo en la parte inferior de la página. Este es el párrafo:

«El profesor Schweineri dice: "De los dos antiguos métodos utilizados por los recolectores para la captura del *Apatura Iris* o Emperador Púrpura, de alas rápidas y alto vuelo, el primero, que utilizaba un cazamariposas de mango largo, tenía éxito una vez de cada mil intentos; y el segundo, que consistía en la colocación de cebo en el suelo, tal como carne descompuesta, gatos muertos, ratas, etc., no solo era desagradable incluso para un coleccionista entusiasta, sino también muy poco eficiente. Una de cada quinientas veces la espléndida mariposa dejaba la cima de sus robles favoritos para rodear el fétido cebo ofrecido. He encontrado que el cythyl es un cebo perfectamente seguro para atraer a esta hermosa mariposa al suelo, donde puede ser fácilmente capturada. Una onza de cythyl colocada en un platillo amarillo bajo un roble, atraerá hacia él a toda *Apatura Iris* en un radio de veinte millas. Por lo tanto, si algún coleccionista que posee un poco de cythyl, incluso aunque sea en una botella sellada en su bolsillo… si tal coleccionista no encuentra ni una sola *Apatura Iris* revoloteando cerca de él en una hora puede estar seguro de que la *Apatura Iris* haga no habita en su región."»

Cuando terminé de leer esta nota me senté durante un largo rato a pensar detenidamente. Luego examiné los dos frascos. Estaban etiquetados como «Cythyl». Uno estaba lleno, el otro casi lleno. «El resto debe estar en el cadáver del Almirante Rojo», pensé, «no importa que esté en una botella con corcho…».

Llevé todas las cosas de vuelta al baúl, las puse cuidadosamente sobre la paja y cerré la tapa. El gendarme centinela de la puerta me saludó respetuosamente mientras cruzaba a la posada de Groix. La posada estaba rodeada por una multitud excitada, y el pasillo estaba atestado de gendarmes y campesinos. Por todas partes me saludaron cordialmente, anunciando que el verdadero asesino había sido capturado; pero yo pasé por delante de ellos sin decir una palabra y corrí escaleras arriba para encontrar a Lys. Ella abrió la puerta cuando llamé y me echó los brazos al cuello. La abracé y la besé. Después de un momento le pregunté si me obedecería sin importar lo que le ordenara, y dijo que lo haría, con una humildad orgullosa que me conmovió.

—Entonces, ve de inmediato con Yvette a San Julien —le dije—. Pídele que ensille el carro y diríjanse hasta el convento de Quimperlé. Espérenme allí. ¿Lo harás sin preguntarme, querida?

Levantó su cara hacia la mía.

—Bésame —dijo inocentemente. Al momento siguiente había desaparecido.

Entré deliberadamente en la habitación del Emperador Púrpura y eché un vistazo a la caja cubierta de gasa que contenía la crisálida de *Apatura Iris*. Era lo que esperaba. La crisálida estaba vacía y transparente, y una gran grieta recorría el centro de su espalda, pero, en la red del interior de la caja, una magnífica mariposa agitaba lentamente sus bruñidas alas púrpuras, pues la crisálida había abandonado a su silencioso inquilino, la mariposa símbolo de la inmortalidad. Entonces me invadió un gran temor. Ahora sé que era el miedo al Sacerdote Negro, pero ni entonces ni durante años después supe que el Sacerdote Negro había vivido alguna vez en la tierra. Mientras me inclinaba sobre la caja, oí un confuso murmullo fuera de la casa que terminó en un furioso grito de «¡Parricida!» y oí a los gendarmes alejarse detrás de un carro que traqueteaba bruscamente en la carretera de piedra. Me acerqué a la ventana. En el carro estaba sentado Yves Terrec, atado y con los ojos desorbitados, con dos gendarmes a su lado, y alrededor del carro había gendarmes montados cuyos sables desnudos apenas mantenían alejada a la multitud.

—¡Parricida! —aullaron—. ¡Que muera!

Di un paso atrás y abrí la caja cubierta de gasa. Con mucha delicadeza, pero con firmeza, tomé la espléndida mariposa por las alas delanteras cerradas y la levanté ilesa entre el pulgar y el índice. Luego, manteniéndola oculta a mi espalda, bajé al café.

De toda la multitud que lo había llenado, gritando por la muerte de Yves Terrec, solo tres personas permanecían sentadas frente a la enorme chimenea vacía. Eran el brigadier Durand, Max Fortin, el químico de Quimperlé, y el Emperador Púrpura. Este último parecía avergonzado cuando entré, pero no le presté atención y me dirigí directamente al farmacéutico.

—*Monsieur* Fortin —le dije—, ¿sabe usted mucho de hidrocarburos?

—Son mi especialidad —dijo asombrado.

—¿Has oído hablar alguna vez de algo como el cythyl?

—¿Cythyl de Schweineri? ¡Oh, sí! Lo usamos en perfumería.

—¡Bien! —dije—. ¿Tiene olor?

—No... y sí. Uno siempre es consciente de su presencia, pero nadie puede afirmar que tenga olor. Es curioso —continuó, mirándome—, es muy curioso que me haya preguntado eso, porque llevo todo el día con la sensación de que detectaba la presencia del cythyl.

—¿Lo siente ahora? —pregunté.

—Sí, más que nunca.

Salté a la puerta principal y lancé la mariposa. La espléndida criatura batió el aire por un momento, revoloteó insegura de un lado a otro y luego, para mi asombro, volvió a entrar majestuosamente en el café y se posó en la losa delante de la chimenea. Por un momento me quedé sin palabras, pero cuando mis ojos se posaron en el Emperador Púrpura lo comprendí en un instante.

—¡Levanten esa losa! —grité al brigadier Durand—. ¡Haga palanca con la vaina de su sable!

El Emperador Púrpura cayó repentinamente hacia adelante en su silla, con el rostro espantosamente blanco y la mandíbula desencajada por el terror.

—¿Qué es el cythyl? —grité, agarrándolo por el brazo, pero se desplomó pesadamente de su silla, boca abajo en el suelo, y en ese momento un grito del químico me hizo girar. Allí estaba el brigadier Durand, con una mano apoyada en la chimenea y otra levantada con horror. Allí estaba Max Fortin, el químico, rígido de excitación, y abajo, en el lecho hueco donde había descansado la piedra de hogar, yacía una masa aplastada de carne humana sanguinolenta, en medio de la cual se podía ver un ojo de vidrio barato. Agarré al Emperador Púrpura y lo arrastré a sus pies.

—¡Mire! —grité—. ¡Mire a su viejo amigo, el Almirante Rojo! —pero él solo sonrió ausentemente, y meneó la cabeza murmurando:

—¡Cebo para mariposas! ¡Cythyl! ¡Oh, no, no, no! No puede hacerlo, Almirante, ya lo ve. ¡Solo yo poseo al Emperador Púrpura! Solo yo soy el Emperador Púrpura.

Y el mismo carruaje que me llevó a Quimperlé para reclamar a mi prometida, lo llevó a Quimper, amordazado y atado, convertido en un lunático que aullaba y echaba espuma por la boca.

Esta es, pues, la historia del Emperador Púrpura.

Podría contarles una historia más agradable si quisiera, pero, en cuanto al pez que conseguí que picara, si era un salmón adulto, uno joven o una trucha, no puedo decirlo, porque he prometido a Lys, y ella me ha prometido a mí, que ningún poder en la tierra arrancará de nuestros labios la mortificante confesión de que el pez escapó.

La barquera

Cuando hubo terminado de fumar la pipa golpeó la cazoleta con suavidad contra la chimenea hasta que las cenizas cayeron como polvo sobre el tronco carbonizado que ardía en el morillo. Luego se sentó de nuevo en su sillón, tocando distraídamente la cazoleta de la pipa con la yema de cada dedo hasta que se enfrió lo suficiente como para guardarla en el bolsillo de su abrigo. Dos veces levantó la vista hacia el pequeño reloj americano que descansaba sobre la repisa de la chimenea. Le quedaba media hora de espera.

Las tres velas que iluminaban la estancia aún podían durar bastante. Esto le daría algo que hacer. Un par de tijeras yacían abiertas sobre el buró y se levantó a recogerlas. Durante un rato permaneció abriéndolas y cerrándolas distraídamente mientras sus ojos paseaban por la habitación. Había un caballete en un rincón y una pila de lienzos polvorientos tras él; detrás de ellos había una sombra... aquella sombra gris y amenazadora que nunca se movía.

Tras haber recortado cada vela, limpió las ahumadas tijeras con un trapo de pintura y volvió a dejarlas donde estaban. El reloj marcaba las diez; había estado ocupado exactamente tres minutos.

El buró estaba lleno de corbatas, pipas, peines y cepillos, carretes, libros, cuellos, tachuelas de camisa, un par nuevo de calcetines de caza escoceses y una cesta de costura de mujer.

Recogió todas las corbatas, las dobló por la mitad y las colgó en un trozo de cordel que se extendía a lo largo del espejo. Las tachuelas de camisa las guardó en el cajón superior junto a los cepillos, peines y calcetines. Limpió el polvo de los libros y los carretes y colocó estos metódicamente a lo largo de la repisa de la chimenea. Dos veces extendió la mano para coger la cesta de costura, pero la dejó caer de nuevo a su costado y se apartó hacia el otro lado de la habitación para contemplar el moribundo fuego.

En el exterior de la ventana cubierta de nieve, un postigo suelto golpeaba rítmicamente contra la pared hasta que abrió la ventana y lo sujetó firmemente. La nieve blanda y húmeda que había ahogado los cristales de las ventanas durante todo el día se había congelado ahora, y tuvo que romper su pulida superficie para encontrar la oxidada bisagra del postigo.

Se asomó hacia afuera durante un momento, con las manos entumecidas apoyadas sobre la nieve, con el estruendo de una creciente nevada resonando en sus oídos, y, a través del desolado jardín y el descarnado seto, vio el plano río negro perdiéndose en las penumbras.

Una vela chisporroteó y chasqueó a su espalda; una hoja de papel de dibujo revoloteó por el suelo y cerró la ventana, volviéndose hacia el cuarto, con ambas manos metidas en los desgastados bolsillos.

El pequeño reloj americano que había sobre la repisa de la chimenea seguía funcionando, dejando oír su típico tic-tac, pero las manecillas parecían avanzar lentamente, pues no había estado ocupado más de cinco minutos en total. Se acercó hasta la repisa y contempló de cerca las manecillas del reloj. Un minuto —más largo que un año para él— pasó.

En la habitación el mobiliario estaba bien dispuesto: una silla o dos de pino amarillo, una mesa, el caballete; en un rincón, la amplia cama con cortinas, y, detrás de cada pieza de mobiliario, sombras, sombras amenazantes que nunca se movían.

Una pequeña llama pálida surgió del humeante tronco de la chimenea. En el silencio de la estancia se escuchó el siseo de los gases de la madera. Al cabo de un momento, la parte posterior del leño se prendió, destellos de color azul brotaron aquí y allá con sonidos suaves como el encendido de quemadores de gas en fila, y, en un momento, una fina lámina de llamas amarillas envolvió todo el tronco carbonizado.

Entonces se movieron las sombras; no las sombras que había detrás de los muebles —estas jamás se movían— sino otras, delgadas, grises, confusas, que se acercaban y extendían sus finos patrones a su alrededor, envolviéndolo, y temblaban y se estremecían.

No se atrevía a pisarlas, le parecían demasiado reales. Enmarañaban el suelo alrededor de sus pies, tocaban sus rodillas, y caían sobre su pecho como sogas. Alguna noche, en el silencio de los páramos, cuando el viento y el río guardaban silencio, había temido que aquellos retazos de sombra pudieran ceñirlo... que treparan más alto hasta llegar a su garganta y lo ahogaran. Pero, incluso entonces, sabía que aquellas otras sombras jamás se moverían, aquellas grises formas que se agazapaban en cada rincón.

Cuando miró de nuevo al reloj, habían transcurrido diez minutos. El tiempo estaba alterado en el cuarto, los retazos de sombra parecían mezclarse con las manecillas del reloj, arrastrándolas de su rotación. Se preguntó si las sombras serían capaces de estrangular al Tiempo, alguna noche, cuando el viento y el llano río estuvieran en silencio.

Los tablones del suelo crujieron cuando una ráfaga de aire frío pasó a través de las grietas. Se inclinó y arrastró hacia sí sus zuecos, que estaban muy cerca del guardafuego de la chimenea, y se los calzó sobre las zapatillas. Cuando se incorporó, sus ojos se clavaron mecánicamente en la repisa de la chimenea donde, entre sombras, había otro par de zuecos, un poco más pequeños y de línea más esbelta, unos delicados, tallados en haya roja. El polvo de un año encanecía su superficie y un año de herrumbre oscurecía la banda de plata que cubría el empeine. Se dijo esto a sí mismo en voz alta, sabiendo que faltaban pocos minutos para que se cumpliese el año.

Sus propios zuecos procedían de Mort-Dieu, eran completamente lisos y rodeados por una banda de cuero. Pero, en días anteriores, había pensado que ninguna clase de zuecos de Mort-Dieu era lo suficientemente delicado para tocar el empeine de la barquera de Mort-Dieu. Así, mandó a buscarlos al faro de la costa y ellos a Lorient, donde las mujeres son coquetas y muestran sus cabellos bajo la cofia, y usan zuecos refinados. Y en aquella ciudad donde la vanidad corrompe y hay mucho encaje en las cofias y escotes, se encontró un par de delicados zuecos ceñidos por banda de plata y tallados en haya roja. En aquel momento, los zuecos se hallaban sobre la repisa de la chimenea, polvoriento y deslucidos.

Sonó un ruido suave en la ventana. Era el blando murmullo de la nieve que tocaba los cristales. El viento también susurraba algo bajo los aleros del tejado. Muy pronto empezaría a murmurarle desde la chimenea... lo sabía, por lo que se llevó ambas manos a los oídos y miró el reloj.

En la aldea de Mort-Dieu, las ventanas cantan todo el día los secretos del mar, pero, por las noches, los espectros de los pajarillos grises llenan las ramas de los árboles, cantando a la luz del sol de años pasados. Escuchó la canción mientras se sentaba y se tapó los oídos con ambas manos, pero los pájaros grises se unieron al viento de la chimenea y así oyó todo lo que no se atrevía a escuchar, y pensó en todo cuanto no se atrevía a meditar, a la vez que unas súbitas lágrimas le quemaban los ojos.

En Mort-Dieu las noches son más largas que en ningún otro lugar de la tierra, él lo sabía... ¿Cómo no iba a saberlo? Había sido así durante un año. Antes había sido diferente. ¡Hubo antes tantas cosas diferentes! Días y noches entonces se esfumaban como si fueran minutos, los pinos no cantaban los secretos del mar y los pájaros grises aún no habían llegado a Mort-Dieu. Y también estaba Jeanne, la barquera de Carmes.

Cuando la vio por primera vez ella estaba impulsando el ferry esquife que iba desde Carmes a Mort-Dieu, con la roja falda ondulando por debajo de la rodilla. La próxima vez que la vio tuvo que llamarla desde el otro lado del plácido río.

—¡Eh... eh... barquera!

Y ella llegó, impulsando con su larga pértiga el chato esquife, fijando sus ojos pensativamente en él, con la falda escarlata y el pañuelo ondeando bajo el viento de abril. Luego los días fueron pasando y diariamente sonaba el grito de «¡Barquera!», que se fue haciendo cada vez más alegre, y la lejana respuesta de «¡Ya voy!» surcaba el agua como música teñida de risas. Entonces llegó la primavera, y con la primavera el amor, un amor libre que cruzaba en el ferry desde Carmes hasta Mort-Dieu.

La llama sobre el tronco carbonizado silbaba, parpadeaba y se apagaba en un chorro de vapor de madera, jugando como un rayo sobre el gas para volver a encenderse. El reloj sonó con más fuerza y el canto de los pinos invadió la estancia. Pero en sus ojos enrojecidos se reflejaba un paisaje de verano, un paisaje en el que navegaban las nubes y una blanca espuma se rizaba bajo la proa del pequeño esquife. Y él se apretó más los oídos con sus manos para ahogar el grito de «¡Barquera! ¡Barquera!».

Y entonces, durante un momento, el tic-tac del reloj cesó. Era hora de irse. ¿Quién si no él iba a saberlo, él, que salía a la noche blandiendo su linterna? Y se fue. Había salido todas las noches desde aquella primera y extraña noche de invierno, cuando una voz le respondió desde el río. La voz del nuevo barquero. Nunca había vuelto a oír la voz de ella.

Y así descendió por los escalones de madera sosteniendo en la mano el farol hasta salir al exterior, bajo la tormenta. Avanzó a través de torbellinos de nieve, sobre montones de algas congeladas, balanceando la lámpara hasta que su reflejo sobre el agua lo detuvo. Luego gritó a la noche:

—¡Barquera!

Salpicó su rostro el agua helada y la lámpara se apagó. Escuchó el distante tronar de las olas que atacaban la barra, y el ruido de poderosos vientos entre los arrecifes cubiertos de algas.

—¡Barquera!

Al otro lado del río, negro como un mar de brea, brilló durante un momento una luz diminuta. Y de nuevo gritó:

—¡Barquera!

—¡Ya voy!

Palideció terriblemente porque aquella era la voz de ella, ¿o acaso había enloquecido? Saltó al interior de la helada corriente hundiéndose en ella hasta la cintura y gritó otra vez, pero su voz se quebró en un sollozo.

Lentamente, destacándose entre la niebla, el esquife tomó forma acercándose más y más. Pero ella no blandía la larga pértiga... él se dio cuenta inmediatamente: allí había un hombre alto y delgado y cubierto hasta los ojos por un traje de tela encerada, y saltó a bordo y apremió al barquero para que se diera prisa.

En medio del río se puso de pie y gritó:

—¡Jeanne!

Pero el rugir de la tormenta y el crujido de las olas heladas ahogaron su voz. Sin embargo, la oyó otra vez, y ella lo llamó por su nombre.

Cuando finalmente el esquife tocó tierra, encendió de nuevo la lámpara y, temblando, corrió tropezando por entre las rocas, llamándola, como si su voz pudiese silenciar aquella otra voz que había hablado aquella misma noche hacía un año. No pudo lograrlo. Se dejó caer de rodillas, temblando, y miró hacia la oscuridad, donde el océano rugía al mundo. Entonces se movieron sus rígidos labios y repitió el nombre de ella, pero la mano del barquero se apoyó suavemente sobre su cabeza.

Y cuando alzó los ojos vio que el barquero era la Muerte.

EL PAR NUPCIAL

—Si yo fuera usted —dijo el anciano—, me tomaría tres meses de un buen descanso.

—Un mes es suficiente —dijo el joven—. Ozone lo hará. El primer par de urogallos que envíe lo hará —se interrumpió bruscamente, mirando la fila de vagones escasamente iluminados donde los porteros negros estaban de pie junto a los coches cama con vestíbulo, dirigiendo a los pasajeros a los camarotes y literas.

—¿El perro está bien, doctor? —preguntó el anciano con agrado.

—Está bien, doctor —respondió el más joven—, hablé con el encargado de los equipajes. —Hubo un silencio, el hombre mayor masticaba, reflexivamente, un cigarro sin encender, observando a su compañero con ojos agudos y entrecerrados.

El médico más joven estaba de pie bajo la blanca luz eléctrica con la cabeza inclinada hacia abajo, aparentemente preocupado por el estudio de su propia sombra nadando y temblando en el asfalto a sus pies.

—¿Así que teme que me derrumbe? —observó, sin levantar la cabeza.

—Creo que está cansado —dijo el otro.

—Esa es una forma más agradable de expresarlo —dijo el joven. —He oído… —dudó, con un leve rastro de

irritación— que Forbes Stanly me considera mentalmente inestable.

—Probablemente sospecha lo que está tramando
—dijo el anciano con sobriedad.

—Bueno, ¿qué hará cuando anuncie mi teoría de los
gérmenes? ¿Ponerme una camisa de fuerza?

—Él dirá que está loco hasta que lo demuestre, todos
los médicos estarán de acuerdo con él... hasta que su
prueba de radio nos muestre el microbio de la locura.

—Doctor —dijo el joven bruscamente—, voy a admitir algo... a usted.

—Muy bien; adelante, admítalo.

—Bueno, estoy un poco preocupado por mi propio
estado.

—Ya era hora de que lo estuviera —observó el otro.

—Sí... ya era hora. Doctor, estoy seriamente afectado.

El anciano levantó la mirada bruscamente.

—Sí, estoy enamorado.

—¡Ah! —murmuró el médico mayor, divertido y un
poco disgustado—. Así que ese es su mal, ¿no?

—Una enfermedad... sí, no explicable por nuestra
teoría de los gérmenes, no se ve afectada por la radioac-
tividad. Doctor, estoy hablando a la ligera, pero no hay
felicidad en ello.

—Nunca la hay —comentó el otro, encendiendo
una cerilla y prendiendo su raído cigarro. Tras una o
dos caladas, este se apagó—. Todo lo que tengo que
decir —añadió— es que no lo haga ahora. Muéstreme
una escala de radio puro y le daré permiso para casarse
con todas las solteronas de Nueva York. Mientras tanto,

vaya a disparar a unas cuantas docenas de inofensivos y felices urogallos, no pueden devolver los disparos. Pero deje el amor en paz... Por cierto, ¿quién es ella?

—No lo sé.

—Sabe su nombre, supongo —el joven negó con la cabeza.

—Ni siquiera sé dónde vive —dijo finalmente.

Tras una pausa, el anciano lo tomó suavemente del brazo:

—¿Está sujeto a este tipo de cosas? ¿Es usted susceptible?

—No, en absoluto.

—¿Se había enamorado antes?

—Sí... una vez.

—¿Cuándo?

—Cuando tenía unos diez años. Se llamaba Rosamund... tenía ocho años. Nunca tuve el valor de hablar con ella. Murió hace poco, creo.

La respuesta fue tan tranquila y seria, tan desprovista de toda sospecha de humor, que la sonrisa del anciano se desvaneció y volvió a lanzar una de sus rápidas y agudas miradas a su compañero.

—¿No se quedará fuera tres meses? —preguntó, pacientemente.

Pero el otro solo negó con la cabeza, trazando con la punta de su bastón el contorno de su propia sombra en el asfalto.

Un momento después miró su reloj, lo cerró con un chasquido, estrechó en silencio la mano de su igualmente silencioso compañero y subió al coche cama.

Ninguno de los dos se había fijado en su nombre.

Resultó ser el Rosamund.

• • • • •

Los trabajadores y los pasajeros de la estación de Wildwood se apartaron del borde del andén cuando la imponente locomotora pasó junto a ellos, aturdiendo sus oídos con el estruendo de su melancólica campana.

El tren polvoriento se deslizó cada vez más despacio hasta que se detuvo, sacudiéndose. Círculos de humanidad se arremolinaron alrededor de los vagones, a través de los cuales se empujaban los pasajeros que descendían.

—¡Wildwood! Wildwood! —gritaban los maquinistas. Los baúles salieron disparados del vagón delantero y cayeron con un estruendo; un perro setter, que aullaba y se agitaba, aterrizó en el andén, histéricamente agradecido por estar libre; y, en el mismo momento, un joven con ropa de tiro de tweed[2], que llevaba una mochila y una funda para armas, se dirigió hacia el encargado de los equipajes, que estaba siendo sacudido por todo el andén por el perro frenético.

—Muy agradecido, me llevaré al perro —dijo, deslizando un poco de dinero en la mano del funcionario, y recibiendo a cambio la cadena del perro.

—Espero que se divierta —respondió el encargado del equipaje—. Me han dicho que hay muchos pájaros en este país. Tiene un buen perro allí.

El joven sonrió y asintió con la cabeza, soltó la ca-

---

2   El *tweed* es un tejido de lana áspera, cálido y resistente, originario de Escocia. La textura es calada y elástica, parecida a la del cheviot, pero más apretada.

dena del collar de su perro y se puso en marcha por la polvorienta calle del pueblo, seguido por un niño que llevaba su equipaje.

El propietario de la posada Wildwood estaba en el porche, preparado para recibir a los huéspedes. Cuando se acercaron un joven, un perro setter blanco y un niño pequeño, sus ojos especulativos se llenaron de benevolencia.

—¿Cómo está, señor? —dijo cordialmente—. Creo que estuvo con nosotros hace tres años... se quedó a cenar. ¿No es así?

—Ciertamente lo es —dijo su invitado alegremente—. Me sorprende que se acuerde de mí.

—¿Es usted? —replicó el propietario, satisfecho—. ¡Lo sabía! Puedo decir el nombre de todos los hombres, mujeres y niños que se han sentado a comer con nosotros. Estuvo aquí con un par de pájaros rojos; cazó un montón de pájaros antes de que oscureciera, volvió puntual y cogió el tren de las diez y media a Nueva York. ¿Verdad? Sí, y se quejaba porque no podía quedarse a cazar durante un mes.

—Tuve que trabajar mucho en aquellos días —rio el joven—. Tiene razón, hace tres años este mes.

—El tiempo vuela, está equipado con tornillos triples estos días —dijo el propietario—. Entre y siéntase como en casa. ¡Ed! ¡Oh, Ed! ¡Lleva esta bolsa a la 13! Estamos llenos, señor. No le asusta el número 13, ¿verdad? ¡Vaya! ¡Si no soy un mentiroso, estuvo en la 13 hace tres años! ¡Y ahora! ¿No es eso lo más tonto? Pero puede tener la que quiera el lunes. ¿Cuánto tiempo se quedará?

—Un mes, si la caza es buena.

—Debería serlo. Orrin Plummet vino anoche con un montón de pájaros. Dice que las becadas[3] están cayendo en los abedules al sur de Sweetbrier Hill.

El joven asintió con la cabeza y empezó a sacar su arma de la funda de cuero de suela desgastada por el uso.

—No va a empezar ya, ¿verdad? —preguntó su anfitrión, riendo.

—No puedo empezar lo suficientemente rápido —dijo el joven, ocupado en encajar los cañones a la culata, mientras el perro miraba, golpeando el suelo del porche con su cola plumosa.

El propietario admiró el arma delgada y pulida.

—¡Ese es un gran instrumento! —observó—. Y tiene un buen perro de caza escurridizo, también. Supongo que será mejor que llene mi nevera. El límite es de treinta de cada uno: gallo y perdiz. Después de eso hay patos.

—Es una ley buena y sensata —dijo el joven, poniendo el arma bajo un brazo.

El propietario se rascó la oreja reflexivamente.

—A ver —caviló—, ¿no era usted médico? Oí decir que usted escribió artículos para los periódicos sobre los idiotas y los locos de Roma y Rusia y los climas furtivos.

—He escrito un poco sobre la locura europea y asiática —respondió el doctor con buen humor.

—¿Estuvo en esos lugares?

---

3   Ave limícola del tamaño de una perdiz, de pico largo, recto y delgado, cabeza comprimida y plumaje pardo rojizo con manchas negras en las partes superiores y de color claro finamente listado en las inferiores

—Durante tres años —silbó al perro desde la carretera, donde varios perros callejeros se paseaban a su alrededor, con todos los pelos de punta.

El propietario dijo:

—Usted mismo parece un poco exaltado. Tómeselo con calma al principio, es mi consejo.

Su invitado asintió abstraído, quedándose en el porche, preocupado por la belleza de la calle del pueblo, que se extendía hacia el oeste bajo los altos olmos. Las colinas otoñales cerraban la vista. Más allá se extendía el cielo azul.

—El cementerio está por ahí, ¿no? —preguntó el joven.

—Todo recto —dijo el propietario—. Tome el camino hacia Holler.

—¿Recuerda usted —el doctor dudó— un funeral allí hace tres años?

—¿De quién? —preguntó sin rodeos su anfitrión.

—No lo sé.

—Le preguntaré a mi mujer, ella guarda recortes de esquelas y hace álbumes. ¿Algún amigo suyo enterrado allí?

—No.

El propietario se dirigió a la sala del bar, donde dos contribuyentes arrastraban los pies con impaciencia.

—¡Ah! buena suerte, *Doc* —dijo, sin intención de ofender—. La cena es a las seis. Intentaremos que esté cómodo.

—Gracias —respondió el médico, saliendo a la carretera y haciendo un gesto al setter blanco para que lo siguiera.

—Ahora lo recuerdo —murmuró, mientras giraba hacia el norte, donde el camino se bifurcaba—, el cementerio se encuentra al oeste, debe haber un camino en la siguiente curva...

Dudó y se detuvo, luego reanudó su curso, murmurando para sí mismo: «Puedo pasar por el cementerio más tarde, ella no estaría allí. No creo que la vuelva a ver... Yo... me pregunto si estoy... perfectamente... bien...»

Las palabras se perdieron repentinamente en una fuerte respiración entrecortada; su corazón dejó de latir, se agitó y luego palpitó violentamente y se estremeció de la cabeza a los pies.

Bajo los árboles se vislumbraba un vestido de verano, una figura pasaba de la sombra a la luz del sol, y de nuevo al fresco crepúsculo de un frondoso sendero.

La palidez del rostro del joven cambió. Un fuerte rubor se extendió de la frente al cuello y avanzó, aturdido, ensordecido por el tumulto de sus pulsaciones. El perro, atento y desconfiado, le abrió el camino adentrándose en el sendero bordeado de zarzas, para luego detenerse, dar media vuelta y volver a situarse detrás de su amo.

En el camino delante, el ligero vestido de verano ondeaba bajo el follaje, brillando a la luz del sol, casi perdido en las sombras. Luego la vio en la cresta de la colina, con la brisa, posada por un momento contra el cielo.

Cuando por fin llegó a la colina, la encontró sentada a la sombra de un pino. Ella levantó la vista con serenidad, como si lo hubiera estado esperando, y se pusieron frente a frente. Un momento después, su perro lo dejó, alejándose sin hacer ruido alguno.

Cuando se esforzó por hablar, su voz tenía un tono desconocido para él. Su rostro respingón fue su única respuesta. La brisa en los pinares, que se había agitado perezosa y monótonamente, cesó.

· · · · ·

Su delicado rostro era como una flor brotada en el aire quieto. Ella lo miró desde abajo y su mirada lo encadenó al silencio. La primera brisa rompió el hechizo: pronunció una palabra, luego el habla murió en sus labios. Se quedó retorciendo su gorra de tiro, confundido, sin atreverse a continuar.

La chica se inclinó hacia atrás, apoyando su peso en un brazo, con los dedos casi enterrados en el profundo césped verde.

—Hoy hace tres años —dijo, con la voz apagada de quien sueña—. Hoy hace tres años. ¿Puedo hablar?

En la cabeza y los ojos bajos de ella leyó la aquiescencia; en su silencio, el consentimiento.

—Hoy hace tres años —repitió—. El aniversario me ha dado valor para hablarte. Seguramente no te ofenderás, hemos viajado juntos desde el principio del mundo hasta su fin, y de vuelta, hasta este lugar de todos los lugares del mundo. Y ahora encontrarte aquí, en este día de entre todos los días, a un paso de nuestro primer encuentro, hoy hace tres años. Y todo el mundo que hemos recorrido desde entonces sin hablarnos, pero siempre pasando por caminos paralelos, caminos que durante miles de millas han corrido casi a la distancia de los brazos...

Ella levantó la cabeza lentamente, mirando desde las sombras de los pinos hacia el sol. Sus ojos soñadores se posaron en las hectáreas de varas de San José y zarzas de la ladera que se estremecían con el calor de septiembre, en los barrancos ahogados por los helechos y bordeados de alisos, en las hierbas marrones y púrpuras, en los matorrales de pinos donde brillaban los esbeltos abedules plateados.

—¿Me hablarás? —preguntó—. Nunca he escuchado el sonido de tu voz.

Se giró y lo miró, tocando con dedos ociosos el suave cabello que se enroscaba en sus sienes. Luego agachó la cabeza una vez más, con la más leve sombra de una sonrisa en sus ojos.

—Porque —continuó él, humildemente— ¡estos largos años de reconocimiento silencioso cuentan para algo! Y la extrañeza de esto, el destino de esto, el silencioso destino que gobernó nuestras vidas, que las gobierna ahora mientras estoy hablando, que pesa cada segundo con su pequeña carga de destino.

Ella se enderezó, levantando la mano semienterrada del césped, y él vio la huella allí donde habían descansado la palma y los dedos.

—Tres años que terminan hoy... terminan con la luna nueva —dijo—. ¿Te acuerdas?

—Sí —dijo ella.

Se estremeció al oír su voz.

—Estabas allí, justo detrás de esos robles —dijo con entusiasmo—. Podemos verlos desde aquí. El camino gira allí...

—Gira junto al cementerio —murmuró ella.

—¡Sí, sí, junto al cementerio! Creo que has estado allí.

—¿Te acuerdas de eso? —preguntó.

—¡Nunca lo he olvidado... ¡Nunca! —repitió él, esforzándose por mantener los ojos de ella en los suyos—. No era el crepúsculo; había un atisbo de día en el oeste, pero el bosque se estaba oscureciendo, la luna nueva se alzaba en el cielo, y la tarde era muy clara y tranquila.

Impulsivamente se dejó caer sobre una rodilla junto a ella para ver su rostro, y mientras hablaba, frenando su emoción e impaciencia con esa sutil deferencia que es innata en los hombres o que nunca se adquiere, ella le robó una mirada, y su desgastado rostro se iluminó como si hubiera sido tocado por la luz del sol.

—La segunda vez que te vi fue en Nueva York —dijo—, solo vi tu cara entre la multitud, pero te reconocí.

—Te vi —reflexionó.

—¿Lo hiciste? —gritó, encantado—. No me atrevía a creer que me reconocieras.

—Sí, te reconocí.... Cuéntame más.

La estremecedora voz lo encendió. Débiles señales de peligro tiñeron el rostro y el cuello de la chica.

—En diciembre —continuó con inseguridad— te vi en París... solo te vi a ti entre los mil rostros a la luz de las velas de Notre Dame.

—Y yo te vi.... ¿Y entonces?

—Y luego dos meses de oscuridad.... Y por fin una luz... la luz de la luna... y tú en la terraza de Amara.

—Solo había un parterre de flores, unas cuantas espigas de jacintos blancos entre nosotros —dijo ella soñadoramente.

Se esforzó por hablar con frialdad.

—El día y la noche han levantado muchos muros entre nosotros, ¿fuiste tú quien se cruzó conmigo a la luz de las estrellas, tan cerca que nuestros hombros se tocaron, en aquella estrecha calle de Samarcanda? Y la figura oscura que te acompañaba...

—Sí, fui yo, y mi ayudante.

—Y... tú, allí, en la niebla...

—¿En Arcángel? Sí, fui yo.

—¿En el Goryn?

—Era yo.... Y por fin estoy aquí... contigo. Es nuestro destino.

• • • • •

Así que, arrodillado junto a ella a la sombra de los pinos, ella lo absolvió en el tenue confesionario que compartieron, considerándolo inocente bajo el destino que nos espera a todos. De nuevo aquella luz tocó el ojeroso rostro del joven doctor como si lo iluminara un rayo de sol que se colara entre el follaje quieto de arriba. Rejuveneció ante la bella mirada que ella le dedicaba.

La preocupación se desprendió de él como una máscara, las sombras que habían perseguido sus ojos se desvanecieron, la juventud despertó, transfigurándolo a él y a todo lo que sus ojos contemplaban.

Prisionero del amor, adorándola, temiéndola, se arrodilló junto a ella, sabiendo ya que se había rendido, aunque temeroso todavía de reclamar con una palabra, un gesto o una mirada lo que el destino le reservaba con seguridad, inexorablemente, solo para él.

Habló de su amabilidad al comprenderlo, y de su gratitud; de su generosidad, de su asombro de que se hubiera fijado en él en su camino por el mundo.

—No puedo creer que nunca antes nos hayamos hablado —dijo—, que ni siquiera sepa tu nombre. Seguramente hubo una vez, en un rincón en el país de la infancia, donde nos sentamos juntos cuando el mundo era más joven.

Ella habló, soñadoramente:

—¿Lo has olvidado?

—¿Olvidado?

—Ese rincón soleado en el país de la infancia.

—Si hubieras estado allí, no lo habría olvidado —respondió él, preocupado.

—Mírame —dijo ella. Sus hermosos ojos se encontraron con los de él. Bajo la penetrante dulzura de aquella mirada su corazón se aceleró, se inquietó y su alma intranquila se agitó, despertando recuerdos.

—Había una niña —dijo ella— hace años, una niña en la escuela. A veces tú la mirabas, pero nunca le hablabas. ¿Te acuerdas?

Se puso en pie, mirándola fijamente.

—¿Te acuerdas? —volvió a preguntar.

—¡Rosamund! ¿Quieres decir Rosamund? ¿Cómo puedes saber eso? —titubeó.

La lucha por la memoria concentró todos sus sentidos a tientas. Sus ojos parecían mirarla de cabo a rabo.

—¿Cómo puedes saberlo? —repitió con inseguridad—. Tú no eres Rosamund... ¿Lo eres? Está muerta. Oí que estaba muerta... ¿Eres tú Rosamund?

—¿No lo sabes?

—Sí. Tú no eres Rosamund.... ¿Qué sabes de ella?

—Creo que ella te quería.

—¿Está muerta?

La muchacha lo miró, sonriendo, siguiendo con delicada percepción la secuencia de sus pensamientos, y ya estos estaban lejos de la niña Rosamund, un amor de tiempo inmortal. Él ya había olvidado su propia pregunta, aunque la cuestión era de vida o muerte.

La tristeza, el desasosiego y el paso de las almas no lo preocupaban, ella sabía que todos sus pensamientos se centraban en ella, que ya estaba viviendo una vez más los últimos tres años, con todo su misterio y encanto, saboreando de nuevo su fragancia en el exquisito encanto de su presencia femenina.

A través del silencio otoñal, los pinos comenzaron a mecerse con un viento que no se sentía por abajo. Ella levantó los ojos y vio sus verdes crestas brillando y nadando en una fresca corriente. Un estremecedor sonido se escuchó, y con él flotó el perfume de los pinos exhalando en la luz del sol. Él oyó la soñadora armonía de arriba, y levantó la mirada; luego, preocupado, sombrío, movido por no sabía qué, se arrodilló una vez más en la sombra junto a ella.

Ella no se movió. Su destino estaba cerca de ellos. Llegó en forma de amor.

Él se inclinó más cerca.

—Te amo —dijo—. Te he amado desde el principio. Y lo haré siempre. Tú lo sabías hace tiempo.

No se movió.

—¿Sabías que te amaba?

—Sí, lo sabía.

La emoción en su voz, en cada uno de los delicados contornos de su rostro, suplicaba piedad. Ella agachó la cabeza en silencio, con las manos apretadas.

Y cuando por fin él hubo dicho lo que tenía que decir, las palabras ardientes seguían resonando en sus oídos a través del silencio. Un curioso desvanecimiento se apoderó de ella, llegando sigilosamente como algo odioso. Se esforzó por apartarlo, por escuchar, por recordar y comprender las palabras que él había pronunciado, pero la sorda confusión crecía con el sonido de los pinos.

—¿Me amarás? ¿Intentarás amarme?

—Te amo —dijo ella—. Te he amado tantos, tantos años. Yo... yo soy Rosamund...

Ella agachó la cabeza y se cubrió la cara con ambas manos.

—¡Rosamund! Rosamund! —respiró él, embelesado.

Ella dejó caer las manos con un pequeño grito, y la dulzura asustada de sus ojos retuvo los brazos extendidos de él.

—No me toques —susurró—. No me tocarás, ¿verdad? Aún no, no ahora. Espera a que lo entienda —ella se llevó las manos a los ojos y luego volvió a dejarlas caer, mirándolo fijamente—. ¡Te amaba tanto! —susurró—. ¿Por qué has esperado?

—¡Rosamund! Rosamund! —gritó él, apenado—. ¿Qué estás diciendo? No comprendo, no puedo entender nada, salvo que te adoro. ¿No puedo tocarte? ¿Tocar tu mano, Rosamund? Te amo tanto.

—Y yo te amo. Te ruego que no me toques... no todavía. Hay algo... una razón por la que...

—Dime, cariño.

—¿No lo sabes?

—¡Por Dios, no lo sé! —dijo, preocupado y asombrado.

Ella le lanzó una mirada desesperada y desdichada, y luego se levantó en toda su altura, contemplando los valles nebulosos hasta donde comenzaban las montañas, amontonadas como tenues nubes con puntas de sol en el norte.

El viento de la colina agitaba sus cabellos y las cintas blancas de la cintura y los hombros. La vara de San José se balanceaba bajo el sol. Abajo, entre las amarillas copas de los árboles, brillaban los tejados y las chimeneas del pueblo.

—Querido, ¿no lo entiendes? —dijo ella—. ¿Cómo puedo hacerte entender que te amo... demasiado tarde?

—Entrégate a mí, Rosamund, déjame tocarte... déjame tomarte...

—¿Me amarás siempre?

—En la vida, en la muerte, que no puede separarnos. ¿Te casarás conmigo, Rosamund?

Ella lo miró directamente a los ojos.

—Querido, ¿no lo entiendes? ¿Lo has olvidado? Hoy hace tres años que morí.

La dulzura sobrenatural de su rostro blanco lo sobresaltó. Una luz terrible irrumpió en él. Su corazón se detuvo.

En su embotado cerebro sonaban palabras... sus propias palabras, escritas hace años: «Cuando Dios toma la mente y deja el cuerpo vivo, crece en él, a veces, una belleza casi sobrenatural».

Lo había visto en su consulta. Un estremecimiento de espanto lo penetró, perforando cada vena con su escalofrío. Se esforzó por hablar, sus labios parecían congelados, se quedó de pie ante ella, con una sonrisa espantosa estampada en su rostro, y, en su corazón, el terror.

—¿Qué quieres decir, Rosamund? —dijo al fin.

—Que estoy muerta, querido. ¿No lo entiendes? Yo... pensé que lo sabías... cuando me viste por primera vez en el cementerio, después de todos esos años desde la infancia.... ¿No lo sabías? —preguntó ella con nostalgia.

—Debo esperar a mi novia.

La miseria blanqueó su rostro cuando él levantó la cabeza y vio el mundo iluminado por el sol. Algo había manchado y estropeado la hermosa tierra. El sol se volvió gris mientras él miraba.

Estupefacto por el choque, las ruinas de la vida a su alrededor, se quedó mudo, erguido, mirando al oeste.

Ella susurró:

—¿Entiendes?

—Sí —dijo—, nos casaremos más tarde. Has estado enferma, querida, pero todo está bien ahora... y siempre lo estará... ¡Dios nos ayude! El amor es más fuerte que todo... más fuerte que la muerte.

—Sé que es más fuerte que la muerte —respondió ella, mirando soñadoramente el valle nebuloso.

Él siguió su mirada, repasando con calma y serenidad todo aquello a lo que debía renunciar, la felicidad del matrimonio, los hijos... todo lo que un hombre desea.

De repente, el instinto se agitó, despertando al único amigo del hombre: la esperanza. ¡Una vida para la batalla! ¡Para una cura! ¿Sin esperanza? Se rio en su emoción.

¿Desesperación? ¡Cuando la cura estaba casi al alcance de su mano! ¡El trabajo al que había dado su vida! Un mes más en el laboratorio, dos meses, tres, tal vez un año. ¿Y qué? Sin duda, tenía que llegar... ¿Cómo iba a fracasar cuando el trabajo de su vida significaba todo en la vida para ella?

La luz de la exaltación se desvaneció poco a poco de su rostro, se introdujeron pensamientos ominosos y premonitorios, el miedo le puso una mano temblorosa en la cabeza, que cayó pesadamente sobre su pecho.

¡La ciencia y la astucia del hombre y la sabiduría del mundo!

—¡Oh, Dios! —gimió—. ¡Por aquel que curó con la imposición de sus manos!

• • • • •

Ahora que había aprendido su nombre y que su padre estaba vivo, se quedó en silencio a su lado, mirando fijamente las chimeneas y el majestuoso tejado dorado casi oculto tras el follaje de arces carmesí del otro lado del valle... su hogar.

Ella se había sentado de nuevo sobre el césped, con las manos juntas sobre una rodilla, mirando al oeste con ojos soñadores.

—No tardaré mucho —dijo amablemente—. ¿Me esperas aquí? Traeré a tu padre conmigo.

—Te esperaré. Pero debes venir antes de la luna nueva. ¿Lo harás? Debo irme cuando la luna nueva esté en el oeste.

—¿Irte, querida? ¿A dónde?

—Es mejor que no te lo diga —suspiró—, pero lo sabrás muy pronto... muy pronto ya. Y no habrá más penas, creo —añadió tímidamente.

—No habrá más penas —repitió él en voz baja.

—Porque las cosas anteriores están pasando —dijo.

Rompió una espesa rama de vara de San José y la puso sobre sus rodillas; ella le tendió una flor, una genciana ciega, azul como sus ojos. Él la besó.

—Quédate conmigo cuando llegue la luna nueva —susurró—. Será tan dulce. Te enseñaré lo divina que es la muerte, si vienes.

—Me alcanzará la dulzura de la vida —dijo trémulamente.

—Sí... la vida. No sabía que la llamabas por su verdadero nombre.

Así que se alejó, caminando con paso firme por el sendero, con el rifle brillando en el hombro. Donde el camino se unía a la sombría calle del pueblo su perro se acercó a él, olfateando sus talones.

Sonaba el silbato de un molino, y a través de los rayos rojos del sol poniente pasaba gente.

A lo largo de la hilera de tiendas del pueblo, los tenderos le seguían con los ojos vacíos. No vio nada, no oyó nada, aunque una voz amable lo llamó, y una joven le sonrió en su corto viaje por el mundo.

El propietario de la posada Wildwood estaba sentado tomando el sol en el rojo resplandor del atardecer.

—Bueno, doctor —dijo—, parece usted cansado hasta la muerte. ¿Eh? ¿Qué es lo que dice?

El joven repitió su pregunta en voz baja. El propietario negó con la cabeza.

—No, señor. La casa grande en la colina está vacía... ha estado vacía estos tres años. No, señor, no hay familia allí ahora. El viejo caballero se mudó hace tres años.

—Se equivoca —dijo el médico—. Su hija me dice que vive allí.

—¿Su... su hija? —repitió el propietario—. Vaya, doctor, está muerta —se volvió hacia su mujer, que estaba sentada cosiendo junto a la ventana abierta—. ¿No hace tres años, Marthy?

—Hoy hace tres años —dijo la mujer, mordiendo el hilo—. Está enterrada en el panteón familiar sobre la colina. Era una chica muy bonita.

—Había cumplido diecinueve años —caviló el propietario, doblando su periódico de forma reflexiva.

● ● ● ● ●

La gran casa gris de la colina estaba cerrada, las ventanas y las puertas tapiadas, el césped, los arbustos y los setos enmarañados por la maleza. Unas pocas amapolas escarlatas brillaban sobre la hierba marrón. Salvo estas y los macizos de *flox* silvestre, no había flores entre la maleza.

Su perro, que se había escabullido tras él, se acobardó cuando giró hacia el norte por los campos.

Caminó cada vez más rápido, y mientras avanzaba, las largas nubes del atardecer se desvanecieron y la luz dorada del oeste se apagó, dejando un cielo tranquilo y claro teñido del más tenue verde.

Los pinos ocultaban el oeste mientras él se arrastraba hacia la colina donde ella lo esperaba. A medida que subía a través de las hierbas de color púrpura oscuro, cada vez más arriba, vio el creciente de la luna nueva que se inclinaba sobre las colinas y aplastó el miedo mortal que se aferraba a él. Se tambaleó.

—¡Rosamund!

Los pinos le respondieron.

—¡Rosamund!

Los pinos contestaron, respondiendo juntos. Luego el viento se apagó, y no hubo respuesta cuando él llamó.

Hacia el este y el sur, los matorrales oscuros que se balanceaban se aquietaron. Vio los esbeltos abedules plateados brillando como los fantasmas de jóvenes árboles muertos, vio en el musgo a sus pies un tallo roto de San José.

La luna nueva había corrido un velo sobre su rostro, el cielo y la tierra estaban muy quietos.

Mientras duró la luna se quedó tumbado, con los ojos abiertos, escuchando con la cara apoyada en el musgo. Fue mucho después del amanecer cuando su perro acudió a él; más tarde aún, cuando llegaron los hombres.

Y al principio pensaron que estaba dormido.

ÍNDICE

Estudio Preliminar 5

EL REY DE AMARILLO
Y OTROS RELATOS DE TERROR

El reparador de reputaciones 9

El signo amarillo 60

La *demoiselle* d'Ys 89

La máscara 113

En la corte del Dragón 140

La calle de los cuatro vientos 153

El Emperador Púrpura 163

La barquera 195

El par nupcial 203